그리운 詩, 여행에서 만나다

▌글쓴이 소개

| 양병호 | 전북대 국문과 교수　　　　　　　　| 노용무 | 전북대 국문과 강사, 문학박사

| 이승철 | 전북대 국문과 강사, 박사과정 수료　| 송지선 | 전북대 국문과 강사, 박사과정 수료

| 김아리사 | 전북대 국문과 박사과정　　　　　| 시민정 | 전북대 국문과 박사과정

| 이강하 | 전북대 국문과 박사과정　　　　　　| 정유미 | 전북대 국문과 박사과정

| 박지학 | 전북대 국문과 석사과정　　　　　　| 신혜원 | 전북대 국문과 석사과정

그리운 詩, 여행에서 만나다

초판 인쇄　2006년 12월 23일
초판 발행　2006년 12월 26일

지은이 양병호 · 노용무 · 이승철 외
펴낸이 박찬익
펴낸곳 도서출판 **박이정**

주　　소 130-070 서울시 동대문구 용두동 129-162
전　　화 02-922-1192~3
전　　송 02-928-4683
홈페이지 http//www.pjbook.com
E-mail book@pjbook.com
온 라 인 (국민) 729-21-0137-159
등　　록 1991년 3월 12일 제1-1182호

디 자 인 파피루스

ISBN 89-7878-901-3 03810

값　12,000원

* 잘못된 책은 바꾸어 드립니다.

그리운 詩, 여행에서 만나다

양병호 · 노용무 · 이승철 외 지음

도서
출판 박이정

시를 찾아 떠난 여행, 그 기록

시는 주로 인쇄활자의 지면을 통해 소통된다. 하여 독자는 시집을 뒤적거리며 시인의 상상력 혹은 시정신과 교감을 꿈꾼다. 따라서 시 읽기는 흔히 탁상공론적 성격을 지닌다. 활자와 활자의 숲 사이를 유랑하며 시인들의 추상적인 정신의 뼈와 만난다. 특히 '시인의 손을 떠난 시는 독자의 것이다'라는 텍스트 중심주의의 유포로 더욱 고착된 느낌이다. 수용미학과 과학적 객관주의 역시 이러한 성향을 부추긴 책임으로부터 자유로울 수 없다.

한편 영상매체의 범람과 인터넷을 통한 파편적 정보의 무차별 살포로 시와 접촉하는 기회가 점차 줄고 있다. 뿐만 아니라 시 읽기를 안내하는 해설서 역시 너무 전문화되어 일반 독자들의 접근을 본의 아니게 가로막고 있다. 서구의 난삽한 이론으로 무장한 대학의 현대시 연구자들은 현학성을 자랑하듯이 그들만의 암호체계로 시를 해석한다. 일반 독자들은 그들이 사용하는 전문용어의 개념조차 이해하기에 난감하다. 일반 독자들에게 시 해설서는 안내서가 아니라 훼방서로 기능한다.

우리는 이와 같은 상황에 대하여 심각하게 고민하였다. 현대시 연구를 필생의 화두로 삼은 우리는 고민의 공유를 통해 활로를 모색하였다. 현대시 연구의 전문성을 심화해야 하는 학문적 성취와 아울러 시와 독자를 행복하게 만나도록 해주는 중매인의 역할에도 사명의식을 갖기로 합의하였다. 그리하여 다음과 같은 구체적인 작업을 통해 시 독자의 저변을 확대하고, 저들이 삶과 세계에 대한 인식의 깊이를 확장할 수 있기를 희망하였다. 시인의 삶의 공간에 대한 현장 조사를 통해 시를 이해한다. 시인의 시 정신을 기행의 서정과 결부하여 이해한다. 해설 텍스트와 사진을 병행 편집하여 이해의 친밀성을 고양한다. 일반 독자 중심의 편안한 문체를 지향한다.

이와 같은 기획 의도에 따라 우리는 방학과 휴일을 이용하여 시인들의 고향과 생가를 찾았다. 시인의 고향 마을 언저리에서 일박하는 동안 밤 세워 술을 마시며 우리는 온몸으로 시인의 시정신에 감염되려고 하였다. 시인들은 기꺼이 전염원이 되어 시 바이러스의 술잔을 건네 왔다. 우리는 시 연구의 학문적 압박으로부터 벗어나 행복했다. 숙취를 달래며 돌아오는 길, 시인들은 우리의 시 연구 충전을 도와주는 싱싱한 배터리가 되어 주었다.

시인을 찾아 떠나는 여행을 하며 만끽했던 기록을 책으로 묶는다. 시와 독자의 행복하고 친밀한 만남을 꿈꾸는 이 책으로 하여 독자 여러분 모두 지독한 열병을 앓기를 우리는 소망한다. 그 열병을 치유하기 위해서 독자 여러분이 직접 시인의 고향이나 생가를 찾는 처방을 하기를 또한 희구한다. 시 병을 앓고 난 뒤, 맑고 높고 환한 인식과 정서의 현기증을 느끼리라 믿는다.

그리고 시를 찾는 여행의 원동력 역할을 기꺼이 해주신 전북대 인문학연구소 서진원 소장님께 감사드린다. 아울러 책을 엮느라 고생하신 편집부 여러분과 선선히 출판의 기회를 주신 박이정의 박찬익 사장님께 고마움을 드린다. 우리는 시가 밥이 되고, 힘이 되고, 위안이 되고, 혁명이 되리라는 신념으로 더욱 불타오를 것이다.

2006년 첫눈을 기다리며
시가 있고 시인을 만날 수 있어 행복할 줄 아는 우리

| 차 례 |

여는 글 __ 양병호

핏빛 선연한 황톳길 __ 전라도

사랑의 은근한 중독과 아픔 __ 충청도

| 이병기 |

그리움으로 피어나는 난초와 청매

ⓒ정용기

시민정

미지를 향한 여행은 알기 위함이 아니라
사랑하기 위함이다.
안다는 것과 사랑한다는 것의 간극은
심원한 우주와도 같다.
그 간극을 빛의 속도로 소멸하기 위한 여행이 시작되었다.
희고 푸른 가람 시의 공간을 찾아
삶의 궤적을 찾아
그리움에 값하는 순간을 만날 것이라는 믿음으로 길을 나섰다.

가람의 줄기를 찾는 길 위에서

　강물은 샘과 바다를 잇는다. 샘의 약한 물줄기를 북돋으며 드넓은 바다로 인도하는 강물은 멈추지 않는 흐름으로 존재한다. 국문학사의 마르지 않는 강물처럼 시조 시인 가람 이병기의 시정신은 현재에도 융융하다. 전통시조와 현대시조를 잇는 거멀못처럼 가람은 강물 같은 삶을 살았다. 난향 그윽한 지조가 살아 숨 쉬는 가람 줄기를 찾는 길 위에 지금 서 있다.

　그리 높지 않은 소도시의 건물들이 양옆으로 즐비하고 주말이라 익산 IC를 통과하는 차량들로 붐빈다. 훈풍은 가슴으로 들고 《가람시선》과 동승한 채로 차창에 부서지는 햇살을 바라본다. 시간마저도 극복해야 할 장애물이 되는 기나긴 고속도로를 벗어나면 존재 자체가 풍경이 되는 길이 시작된다.

　소도시를 벗어날수록 느껴지는 자연의 향기는 더 가까워지고, 일상의 각질에 쌓였던 영혼을 깨운다. 목적지는 가람의 유년과 노년의 품이자 삶의 명암이 담긴 수우재守愚齋이다. 수우재에 닿기 전 물결 넘실대는 함벽정이 한눈에 들어오고 삶의 체증을 씻어 주는 탄성이 절로 나온다. 왕궁저수지 기념으로 축조한 함벽정은 보석박물관 옆 동통마을의 다리를 지나 벚꽃이 흐드러지는 길의 소실점에 자리하고 있다.

　구름 한 점 없는 푸르름 속에 더욱 돋보이는 함벽정은 탈출을 꿈꾸는 도도한 물살을 신작리로 접어드는 도봉교까지 묶어 두고 있다. 물결은 훈풍에 요동치며 일탈을 꿈꾸지만, 저수지 물의 생태가 그러하듯 한계선이 정해진 절반의 일탈만 허락될 뿐이다. 저 물살도 제 삶을 살아내며, 바람에 흔들리되 흘러가지 못한다. 푸른 물살을 빗질하는 버들가지

길은 존재의 여정이다. 침
묵하는 길 위에 햇빛이
물처럼 흘러들고 고요가
내려앉는다. 그 길 끝에는
시간의 그림자처럼 아직
닿지 않은 미지가 있다.
오늘도 여행자는 작은 그
림자를 끌고 길 위에서
눈이 부시다.

사이로 세월을 낚는 강태공들이 점점이 박혀 있고, 한 입 베어 물면 단 맛을 터뜨릴 것 같은 봄의 햇살이 소담한 들녘에 쏟아진다. 햇살의 세 례는 조만간 녹음의 번성을 약속하리라.

　　소도시 안에 안긴 시골마을의 정경은 이다지도 푸근하다. 들녘을 가 르는 소롯길이 지친 심신을 갈무리해 준다. 먼발치의 언덕 아래 솔숲이 군락을 이루어 바람 따라 수런거리고 우아한 날갯짓을 자랑하는 두루 미는 홀씨처럼 솔숲에 안착한다. 곰솔이 유명한 신작리의 두루미답게 휴지처럼 가볍고, 유연한 동작은 삶조차 봄볕보다 가볍게 만든다. 때마 침 소리조차 지니지 않는 바람이 풀숲을 흔들며 어느새 달려와 이마를 적신다. 저기 저 산자락이 수우재의 용화산 자락과 맞닿아 있으리라는 생각이 들자 길을 재촉한다.

청량한 물기를 머금고 바람으로 사노니

　　침전하듯 낮게 깔린 적막과 고요를 뚫고 여산군 소재지에 닿는다. '이병기 선생 생가 입구' 라는 안내문이 길 왼편 마을 어귀에 세워져 있 다. 그의 삶의 궤적처럼 드러남이 없는 소박한 푯말이라 건성으로 지나 치면 놓쳐버리고 말았을 표지이다. 바로 이 인근이 가람의 고향인 진사 마을이다. 금방이라도 손을 대면 푸른 물이 배어나올 것 같은 소롯길이 펼쳐지고 1킬로미터 남짓 진입하면 저만치 주위의 개량 농가와는 사뭇 다른 풍모의 고풍스런 선비 가옥 한 채가 앉아 있다. 이곳에 선산이 있 고 대대로 터를 잡고 살아온 내력이 서려 있는 탓인지 초행의 여행자는

수우재는 청렴한 선비의 모습이다. 정갈한 여백의 미가 살아 숨 쉬는 한 폭의 동양화처럼 심원한 유서가 담긴 곳이다. 금방이라도 도포를 입은 선비가 사랑채 문을 열고 마중할 듯하다.

유적 속에 깃든 가람의 그리메에 옷깃을 여민다.

수우재는 청렴한 선비의 모습이다. 정갈한 여백의 미가 살아 숨쉬는 한 폭의 동양화처럼 심원한 유서가 담긴 곳이다. 사랑채의 당호인 수우재의 '愚'는 존경하는 할아버지 동우거사東愚居士의 이름을 받은 것이다. 크지는 않으나 옹색하지도 않은 집채, 맑은 기운이 감도는 연못과 모정, 조촐한 마당 한편에 놓인 맷돌과 안반, 억새로 이은 초가 너머에 울창하게 사각거리는 대숲을 병풍으로 두른 수우재는 고풍스러움 그 자체이다. 이곳을 찾는 뜸한 인적을 반기는 듯이 아주 먼 데서 온 푸른 바람이 대숲을 건드리자 숨죽이고 있던 잎들이 우우 일어난다. 금방이라도 도포를 입은 선비가 사랑채 문을 열고 마중할 듯하다.

조선 시대 말기 선비 집안의 배치를 따르고 있는 생가는 사랑채, 안채, 고방채, 모정 등이 남아 있다. 아담한 모정 앞에는 운치 있는 작은 연못이 있다. 연못 주변으로 후박나무, 배롱나무, 산수유, 동백, 수국, 모과, 목련 그리고 후에 심었을 법한 샤스터데이지까지 계절을 느낄 수 있는 꽃나무들이 심어 있다. 물 위에 비친 세계는 은빛 서리처럼 맑고 실재보다 더 실재 같다. 나르시스처럼 우아하게 연못으로 머리채를 늘어뜨린 배롱나무는 물 안의 세계를 응시하고 있다. 아마도 단단한 뿌리가 없었다면 백일홍의 또 다른 전설이 생겼을지도 모를 일이다.

꽃을 보려하고 봄 오기를 바랐더니
새우는 찬바람 끝에 겨우 피려 하던 꽃이
덧없이 퍼붓는 비에 그저 지고 말아라

___ 꽃

푸른 바람이 동백꽃을 베어 물고 땅으로 뛰어내렸다. 담박한 모정에 앉아 마당을 붉게 적시는 분분한 동백을 바라본다. 지는 꽃의 분분함은

아담한 모정 앞에는 운치 있는 작은 연못이 있다. 나르시스처럼 우아하게 연못으로 머리채를 늘어뜨린 배롱나무가 물 안의 세계를 응시하고 있다.

늘 서럽다. 그것이 훗날 축복의 결실을 맺는 삶의 본질이라고 하더라도 당장은 서럽다. 만개한 꽃은 말 그대로 화양연화花樣年華 아니던가! 만개한 꽃이 지는 것도 서러운데 채 피지 못한 꽃망울의 아쉬움은 더할 것이다. 아름다움의 씨앗이 움트기도 전에 찬바람 끝, 퍼붓는 비에 그저 지고 마는 아쉬움을 표현하고 있는 시가 바로 〈꽃〉이다.

덧없는 찬바람이여! 퍼붓는 비여! 날 좀 내버려두어라! 잠든 뿌리를 봄비로 깨운다 하였거늘……. 봄의 전령이여, 보우하소서! 엘리엇의 기도처럼 체념은 또 다른 삶의 호흡을 가다듬게 만들지만 서러움은 쉬이 걷히지 않는다. 이런 조화造化를 보면서 가람은 〈꽃〉을 시작詩作하지 않았을까?

모정 옆에는 200년의 유서를 자랑하며 기념물로 지정된 탱자나무 한 그루가 서 있다. 원래는 담장의 용도로 쓰이던 탱자나무가 이제는 기념물로 지정될 정도의 세월이 흘렀다. 농축된 시간만큼 제법 굵은 밑동을 자랑하는 탱자나무는 신경처럼 푸른 가시를 돋우며 서로 엉켜 있다. 그것은 생태처럼 역동적이다. 저 푸른 가시 하나하나가 또 다른 가시를 찌르며 삶처럼 존재처럼 얽혀 있다. 그 가시를 잘라내면 붉은 비명을 지를 것 같다. 수우재와 동고동락했던 추억의 전설이 주저리주저리 쏟아질 것 같다. 곧 탱자나무의 푸른 가시는 씨방에 단단한 덩어리를 만들며 열매를 키우기 위한 인내이자 이성이다. 그렇기에 더욱 윤기 있는 푸른 촉이 햇살에 번쩍인다. 날카로움이 이다지도 명민하고 아름다울 수도 있다. 그 명민한 아름다움은 맑은 향기를 토해내며 노오란 열매를 가을에 내놓을 것이다.

사랑채를 지나 오래된 문을 열자 삐걱거리는 세월의 무게가 깊숙이 명치를 울린다. 겨울 땔감과 가재가 먼지처럼 쌓여있다. 안채 앞에는 목이 시린 백목련이 따스한 흙 위에서 흰 빛을 토해내고 자목련은 이제야 꽃망울을 피우고 있다. 같은 목련인데도 흰빛이 먼저 옷을 갈아입는 모양이다. 자목련의 꽃망울은 꼭 다문 입술처럼 견고하게 하늘을 향해 말려 있다. 그 견고한 말림은 만개를 향한 과정이다.

사랑채와 안채는 낮은 턱을 사이에 두고 경계를 짓는다. 그 경계에서 사랑채 창호지 밝은 문살에 앉아 집필하였을 풍아한 가람의 모습을 그려본다. 흙마루에 앉아 올려다보기 좋은 서까래와 절구통, 장지문 모두 수수하다. 수우재는 여느 작가의 생가와는 달리 덧칠하지 않아 자연스럽게 묻어나는 세월의 깊이가 있다. 그 세월만큼 켜켜이 쌓아올린 장독대 돌 틈 오래된 시간이 쟁쟁 공명한다. 안채 뒤 대숲을 울리며 또다시 훈풍이 사운대고 그 바람이 가람인 듯 말을 건넨다. 고요도 하다. 푸르기도 하다.

잎이 빳빳하고도 오히려 영롱하다
썩은 향나무껍질에 玉같은 뿌리를 서려두고
청량한 물기를 머금고 바람으로 사노니

꽃은 하양고도 여린 紫煙 빛이다
높고 조촐한 그 品이며 그 香을
숲속에 숨겨 있어도 아는 이는 아노니

_____ 풍란

풍란風蘭에는 웅란雄蘭과 자란雌蘭이 있다. 잎새의 빳빳한 모양으로 보아 풍란 중에서도 웅란에 속한다. 웅란은 그 품새도 우아하지만 맑고도 깊은 향기로 하여 더욱 진귀하게 여기는 난이다. 그 모양새처럼 작품 〈풍란〉 역시 과장이 없고 표현이 절제되어 있다. 첫 수는 잎새의 영롱함과 향나무 껍질 속에 서린 뿌리의 순결함을 옥으로 표상하고 있고, 둘째 수는 가람의 정신과 기품을 형상화하고 있다. 가람은 '풍란화 밑에서 그 향을 마시며 이 노래를 다시 읊었다'고 그의 일기에 적고 있다. 그만큼 가람이 아끼던 난이며 작품 중의 하나임을 알 수 있다.

'영롱한 잎새', '옥같은 뿌리'로 표상되고 있는 난초는 '청량한 물기를 머금고 바람으로 산다'고 하였다. 난초는 누추한 환경 속에서도 고결하고 영롱하게 자라난다. 이것이 난초의 생리이며 속성이다. 난초의 속성이 가람의 품성과 동일시되어 곧 난초의 기품이 가람의 기품으로 투영되고 있다. 청량한 물기를 머금고 바람으로 사는 풍란의 성질은 곧 가람의 정신세계와 맥이 닿아 있다.

하얗고 여린 자줏빛을 띠는 꽃은 높고 조촐한 품으로 고결함을 나타내며 그 향 역시 은은하다. 인적이 드문 숲 속에 숨겨 있어도 그윽한 향

사랑채를 지나 오래된 문을 열자 수우재 내부의 잠자고 있던 시간이 쟁쟁 공명한다. 흙마루에 앉아 올려다 보기 좋은 서까래와 절구통, 맷돌, 연기통 모두 수수하다. 수우재는 덧 칠하지 않아 자연스럽게 묻어나는 세월의 깊이가 있다.

가람 선생의 묘는 수우재 뒷동산에 자리하고 있다. 〈풍란〉의 자태와 정신을 담고 있는 듯 그저 '가람 선생 묘'라고 소박하게 새겨 있는 묘비는 옥처럼 풍아한 선비답다.

과 높은 기품은 감출 수 없다. 난이 어디에 있든 군자는 난의 품과 향기로 인해 알 수 있다. 이것은 난초와의 친화적인 교감을 나눌 수 있다는 가람의 마음자세를 나타낸다.

'빵은 육체나 기를 따름이지만 난은 정신을 기르지 않는가'라고 가람은 수필 〈풍란〉에 적고 있다. 그의 생애에 걸쳐 술과 책 그리고 난초를 얼마나 사랑하였는가는 널리 주지된 사실이다. 그만큼 가람의 삶과 작품에서 난은 매우 밀접한 관계를 맺고 있다. 난초에 대한 사랑은 그의 고아한 품격 속에서 새로운 길을 모색했던 시조시인으로서의 노력과 그 뜻을 같이 했다고 볼 수 있다.

대숲으로 열리는 길을 따라 가람의 묘 앞에 다다른다. 사각거리는 대숲을 병풍삼아 평온하게 잠들어 있는 묘 옆에는 외롭지 않게 큰아들 내외도 함께 잠들어 있다. 숲 속에 숨겨 있어도 아는 이는 아는 것처럼 맑고 깊은 향이 서려 있는 가람의 묘 앞에 묵념으로 예를 표한다. 묘비에 손을 얹으니 그윽한 난향이 혈액 안에 퍼지며 심장을 두드린다. 묘비의 크기는 욕망의 크기와도 비례한다. 화려한 묘비일수록 풍선처럼 부푼 생전 욕망의 부피만 드러낼 뿐이다. 〈풍란〉의 자태와 정신을 담고 있는 듯 그저 '가람선생 묘'라고 소박하게 새겨져 있는 묘비는 옥처럼 풍아한 선비답다.

잠자코 호올로 서서 별을 헤어 보노라

용화산은 울창한 대숲 뒤로 다소곳한 여인네의 앉은 품새처럼 탁월한 산세를 자랑하며 수우재를 품고 있다. 금마·왕궁·여산면에 걸쳐 있는 용화산은 가람이 생전에 '용화산인'이라 자처하리만큼 각별한 애정을 가지고 있었던 산이다. 용화산은 진사마을의 가옥을 안고 있고, 그 품의 중심에 수우재가 자리한다. 이 봉우리에서 저 봉우리로 옮겨가는 구름소리도 들릴 만큼의 고요가 살아 숨 쉬는 곳으로, 논산으로 뻗어가는 도로를 경계로 진사마을의 들녘을 천호산과 나누어 가졌다. 청초한 이마를 천호산과 마주하고, 푸른 힘줄이 솟는 손은 동쪽으로 길게 늘어져 또다시 천호산과 맞잡고 있다. 풍파에도 변함없는 지우처럼 용화와 천호는 진사마을과 수우재를 다스한 어미의 팔처럼 보듬고 있다.

龍華山 구름 자고 天壺에 달 오르다
백련화 곁에 두고 못가으로 거니노니
이따금 서늘한 바람 향을 불어오도다

___ 고토 3

시 〈고토故土〉는 모정에 앉아 뒤로 용화산에 떠도는 구름을 베고 앞으로 마주하는 천호산의 유영하는 달을 바라보며 지은 시이다. 〈고토〉를 지을 당시에는 모정 앞 연못에 연꽃이 있었다. 후에 연못을 보수 공사하여 둥그런 연못이 인공미가 가미된 반듯한 사각형의 못이 되었다. 막내 자부인 윤옥병 씨에 따르면 둥그런 연못 가운데에 거닐 수 있는 흙길을 소담스레 내어 우측에는 연꽃의 미를 좌측에는 물고기의 유영을 용화산은 금마·왕궁·여산면에 걸쳐있다. 다소곳한 여인네의 앉은 품새처럼 탁월한 산세를 자랑하며 수우재를 품고 있다. 백일홍 꽃잎처럼 붉은 노을이 수우재 옷자락이 맞닿은 용화산을 적신다.

바라보는 게 즐거움이었다고 한다. 지금은 세월 따라 변한 모습이지만, 못으로 가서 백련을 바라보며 서늘한 바람 향을 맞는 가람의 모습을 심원한 시간 앞에 충분히 그릴 수 있다. 그 모습이 선하여 졸졸거리는 잔개울 소리가 귓가를 적시고, 훈풍에 백련향이 묻어온다. 모정에 앉아 느린 숨으로 음미하는 가람이여!

　수우재를 빠져나와 용화산 맞은편인 천호산으로 발걸음을 옮기면 천호성지로 향하는 푯말이 길을 안내한다. 포장된 작은 길을 따라 천호산의 산세 사이를 떠도는 구름을 따라가다 보면 금새 여산 남초등학교에 도착한다. 학교는 마치 인적이 드문 섬의 우체국처럼 평화롭다. 구원은 시처럼 불현듯 온다고 했던가? 그의 동상과 시비를 만나면 불현듯 시심詩心을 얻을 수 있을 것만 같다. 한 사람을 위한 편지를 전해야 하는 네루다의 우편배달부처럼 낭만적인 발걸음으로 들어선다.

　남초등학교 교정은 추억이 서려 있는 유년 시절의 집처럼 소소하다. 온통 작은 것들로 충만하다. 품으면 품을수록 동화처럼 캐러멜 향이 묻어난다. 작은 본 건물 앞에 친절한 푯말이 붙어있는 엉겅퀴, 데이지, 두릅나무, 감나무, 자운영, 붓꽃 등 익숙한 꽃나무들이 마중한다. 드러내기 싫어하는 평소 가람의 품성처럼 동상과 시비는 교사 뒤편에 자리하고 있다.

'환영'의 꽃말을 지닌 등나무는 오른쪽으로 줄기를 틀어 올리고 오래된 기다림의 자세로 벌써 여행자를 위한 그늘을 준비해 두고 있다. '백세지사百世之師'다운 온화한 미소는 이끼가 낀 동상마저 푸근하게 만든다. 동상 주변에는 철쭉을 둘러 심어 봄이면 선홍빛 바다를 이루고, 그 붉은 울음을 달래는 푸른 미소는 고요한 시간 속에 각인된다. 그 옆에는 생전에 사랑했던 매화나무 한 그루가 분신처럼 서 있다.

바람이 서늘도 하여 뜰 앞에 나섰더니
西山 머리에 하늘은 구름을 벗어나고
산듯한 초사흘 달이 별과 함께 나오더라

달은 넘어가고 별만 서로 반작인다
저별은 뉘 별이며 내 별 또한 어느게오
잠자코 호올로 서서 별을 헤어보노라

———— 별

〈별〉이 새겨진 가람시비는 남초등학교 교사 뒤편에 자리하고 있다. 흑백 사진처럼 담박한 모습에서 청량한 물기를 머금은 가람이 오버랩된다. 여기 새겨진 〈별〉에는 고요한 밤, 별을 헤아리는 진사마을의 정취가 고스란히 담겨있다.

교사 뒤편 가람 시비에 작품 〈별〉이 새겨 있다. 대리석처럼 정교하거나 화려한 시비는 아니지만, 흑백사진처럼 담박한 모습에서 청량한 물기를 머금은 가람이 오버랩된다. 작품 〈별〉에는 고요한 밤, 진사마을의 정취가 고스란히 담겨 있다. 진사마을은 별을 헤아리기 좋은 곳이다. 산듯한 초사흘 밤 쏟아질 듯한 씨알 굵은 별들이 수우재 초가지붕을 훤히 비추었을 것이다. 그 별빛은 넉넉한 뜰에도, 용화산 마루에도, 이 교정에도 다스하게 나누어 주었으리라.

'바람이 서늘도 하여 뜰 앞에 나섰더니 서산 머리에 하늘은 구름을 벗어나고……' 하며 〈별〉을 흥얼거리던 유년 시절이 떠오른다. 불멸이란 이런 것이 아닐까? 쿤데라의 말처럼 시의 목적이 놀랄만한 사고로 우리를 눈부시게 하는 것이 아니라, 존재의 한 순간을 잊혀지지 않는 순간으로, 견딜 수 없는 그리움에 값하는 순간으로 만드는 것이라면 지금이 그 불멸의 순간이다. 〈별〉을 낮게 허밍하는 이 순간이 그리움에 값하는 나의 순수, 나의 유년, 나의 노래, 더욱더 삶의 본령에 와 닿는 듯하다. 금새 그 노래는 한적한 산사山寺 가을바람이 흔드는 풍경처럼 은은한 공명이 된다. 가슴 안 고요가 소용돌이친다. 바람으로 사는 불멸의 가람을 다시금 느끼며 오늘은 잠자코 홀로 서서 별을 헤어보리라!

빼어난 가는 잎새 굳은 듯 보드랍고

난초 시는 가람시조의 미학적 본령이다. 가람시조를 논하는 자리가 있을 때마다 그의 작품세계를 해명하는 데 중요한 단서를 제공해 준다. 난초는 시인이자 학자로서 일생을 마친 가람과는 뗄 수 없는 인연을 맺고 있다.

빼어난 가는 잎새 굳은 듯 보드랍고
자줏빛 굵은 대공 하얀한 꽃이 벌고
이슬은 구슬이 되어 마디마디 달렸다

본래 그 마음은 깨끗함을 즐거하여

정한 모래 틈에 뿌리를 서려두고

微塵도 가까이 않고 雨露 받아 사느니라

___ 난초 4

시간의 흐름에 따른 난초의 개화 과정을 교감하면서 지은 이 시는 4편의 연작시조이다. 그 중에서 〈난초 4〉는 그의 대표작이라 할 수 있다. 난초의 모습을 정밀하게 표현하고 있는 이 시는 강하지만 보드라운 잎과 대공 끝에 매달린 꽃의 자줏빛과 흰빛의 색채를 대비하여 아름다움을 표현하였다. 우아한 난초의 자태가 이슬이 구슬이 된다는 표현에 이르러 자연과의 조화를 보여주고 있다. 첫 수가 난초의 외형을 묘사한 것이라면, 둘째 수는 난초의 정신을 노래한 것이다. 난초의 정신은 고결함으로 표상되고 있다. 온갖 식물들이 흙에 뿌리를 박고 있음에 비하여 난초는 무엇보다 깨끗한 모래 틈에 뿌리를 서려두고 있다.

전북대학교 들꽃공원 한편에 자리한 가람시비 위로 햇살이 부서진다. 여기에 새겨진 〈난초〉는 가람시조의 미학적 본령이다. 고결함으로 표상되는 난초의 정신은 곧 가람의 정신과 맥이 닿아 있다.

세속적인 영욕의 늪에서 몸과 마음을 더럽히고 있을 때 고결한 정신 세계를 굳건히 지키고자 했던 가람을 떠올려보면 이러한 표현의 의미는 더욱더 구체화된다. 미진도 가까이 않고 우로 받아 사는 난초의 정신은 곧 가람을 표상한다. 난초의 정신은 곧 작가 가람의 인생관과 일치하는 것이다. 따라서 난초는 혹한의 슬픔에 흔들리거나 꺾이지 않고, 시대의 한과 사회의 애환 속에서 방렬한 향기를 더해가는 정신으로서 가람의 삶 속에서도 숨 쉬고 있는 것이다.

가람의 삶은 1891년 용화산 기슭의 진사마을 수우재에서 시작되었다. 1913년 한성사범학교를 졸업한 가람은 고향에서 훈도 생활을 하면서 박봉을 떼어 고문헌을 수집하고, 시조를 창작하기 시작하였다. 1922년 동광학교를 거쳐 휘문고보 교사로 재직하면서 틈만 나면 전국을 여행하며 사적을 답사하고 문헌을 수집하는 게 일과였다.

1926년 동아일보에 〈시조란 무엇인가〉라는 제목의 논문을 연재하여 시조에 대한 새로운 인식과 창작을 촉구하였고, 직접 시조시를 창작하고 강연을 하는 등 눈부시게 활동하였다. 그러나 일제의 무단 통치가 시작되면서 가람은 1942년 조선어학회 사건으로 옥고를 치르게 된다. 출옥 이후 가람은 고향으로 돌아가 근면한 삶을 살고자 하지만 생활적으로 곤궁함을 벗어나기는 쉽지 않았고, 설상가상으로 가람의 큰 자제인 동희마저 잃었다. 이런 시련 속에서도 가람은 연구와 창작을 게을리하지 않아 국문학사에 길이 남을 성과를 내놓았다.

늙어가면서도 술잔은 놓을 수 없고
늙어가면서도 분필은 던질 수 없다
분필과 술잔으로나 내 한 生을 보낼까

___ 내 한 生 3

1945년 가람은 고향에서 해방을 맞았다. 가람의 소망은 〈내 한 生〉이라는 시에서 잘 드러나듯이 풍류를 아는 선비이자 학문에 대한 열의를 가진 학자로서의 모습을 잃지 않았다. 그는 다른 사회 활동에 거리를 두고 문화강연에 더 힘을 기울였다. 가람은 분필과 술잔만으로 그 한 생에 맑은 향을 품어내는 난초 같은 삶을 살았다.

달빛 머금은 뜰, 처마에 걸린 풍류

전세가 차츰 호전되고 대학들이 지방에 문을 열게 되자 가람은 1951년 전주의 전북대학교로부터 초빙을 받았다. 대학은 전주시 교동 58번지 오목대 밑에 사택을 제공하였다. 이곳 양사재로 이사를 한 가람은 1956년 문리과대학을 정년으로 퇴임하기까지 머물렀다.

서울과 여산에 있던 책도 옮겨오고, 다시 화초도 가꾸기 시작하였다. 난초도 건란, 풍란, 도림란을 비롯한 20여 종이 서재의 윗목에 놓이게 되었고, 여기에 청매의 화분도 곁들이게 되었다. 또 뜰에는 토관을 사다가 진흙을 채우고 백련을 심어 8월경에는 그 꽃을 보고 즐기기도 하였다. 매화꽃, 난초꽃, 연꽃이 피면 으레 문우와 제자들을 불러 그 꽃향기에 젖으며 술잔을 기울였다. 꽃이 피었다 하여 친구와 문우, 제자들을 청하여 술자리를 마련하는 일이란 지금은 흔히 볼 수 없는 일이다. 이로써도 가람의 풍류를 짐작할 수 있다.

가람이 머물렀던 양사재는 원래 향교 부속 건물로 서당 공부를 마친 재능 있는 청소년이 모여 생원, 진사시 공부를 하던 곳이었다. 바로 이곳에 가람이 기거하며 후학을 길렀다. 현재는 전주시의 문화시설로 인정받아 문화공간 양사재로 복원되어 전통문화를 체험하는 공간을 마련하고 있다. 전체적으로 소담하고 고풍스러운 한옥 중에서도 그 품새는 단연 돋보인다. 2002년에 새롭게 단장한 양사재는 수우재 만큼의 깊은 유서는 느껴지지 않지만, 전통한옥의 미와 구들장의 맛 이외에도 뜰 안의 정경들이 가람의 체취를 담아내기에는 부족함이 없다.

청매는 다문다문 피인 지 二十여 일

꽃은 다 져도 푸른 다대와 여의
그리고 싱둥싱둥한 향은 그저 남았다

靑梅는 아니 늙고 외롭지도 아니하다
푸른 가지엔 퍼린 움이 돋아난다
오늘쯤 파란 새들도 찾아올까 싶으다

___ 청매 2

봄마다 방긋방긋 구슬보다 玲瓏하다
낼 모레면 다 필 듯 벗들도 오라 하였다
진실로 너로 하여서 떠날 길도 더뎠다

대체 福이란 건 길고 짜를 뿐이다
夭이니 壽니 함도 이걸 일컬음인데
짜르고 긴 그 동안을 우리들은 산다 한다

오늘 아침에야 봉 하나이 벌어졌다
홀로 더불어 두어 잔을 마시고
좀먹은 古書를 내어 床머리에 펼쳤다

___ 청매 3

    매화는 이른 봄눈 속에서 핀다. 지금 막 벙그는 꽃봉오리와 마주 앉
아 술잔을 기울이고 있는 가람의 모습이 상머리에 떠오른다. 가람은 이
미 술에 취한 듯한 거나한 상태로 매화 향기에 배어들고 있다. 정이월
의 차가움과 술잔의 따스함이 결합되어 '나'와 '매화'가 하나로 조화된

일체의 현상을 보여주고 있다. 목숨의 길고 짧음의 의미를 하나의 존재 방식과 동일한 가치로 인식하는 생명의식은 자연의 본질과 이치를 파악한 시인의 생명감각을 드러낸다. 생명의 본질과 자연의 이치를 매화를 통해 얻고 있다.

가람은 생전에 매화를 무척 사랑하였다. 추위에 굴하지 않는 매화의 자태는 청빈한 삶을 영위하는 선비의 깐깐한 기개이고 눈 속에서도 은은히 품어내는 매화의 향기는 군자의 덕이다. 아치雅致의 미학적 모델인 매화는 바랜 고서의 종이 위에서, 병풍이나 족자의 섬세한 비단 위에서, 때로는 백자와 청자의 시린 도자기 위에서 그리움으로 피어난다. 눈짓과 몸짓처럼 이미 하나의 상징처럼 기호記號가 된 매화의 그 작은 꽃잎과 싱둥싱둥한 향기는 사람의 마음을 하나로 모으고 엮어 준다. 무애 양주동의 말을 빌려 난초를 청매로 대신하여도 탓하는 이 없을 듯하다. 청매靑梅는 가람인가! 청매는 아니 늙고 외롭지도 아니하다.

그리움으로 개화하는 청매를 보기 위해 양사재를 찾는다. 늦게 출발한 터라 양사재에는 이미 땅거미가 내려앉아 있다. 오목대 밑 쌍샘길에 위치하고 있는 양사재를 찾기란 어렵지 않다. 쌍샘길은 그 이름처럼 두 물줄기가 만나 샘을 이루어 떨어지듯 급한 경사를 지닌 길이다. 하늘로 치솟았다 급격히 하강하는 롤러코스터의 스릴을 순간 만끽하면 금세 양사재의 간판이 고요 속에 흐린 빛을 품고 있다.

고풍스런 문은 반쯤 열려 있다. 주인장을 부르지도 않고 기척도 내지 않고 몰래 가람과 연애하듯 소리도 없이 문을 넘는다. 드문드문 대궁에 달린 목련이 뜰 안을 훤히 밝히고 있다. '가람다실嘉藍茶室'이라는 현판이 눈에 들자 훈풍에 사각거리던 수우재의 대숲소리가 귓가를 적신다. 수우재의 불멸의 순간이 떠오른다. 눈 속에서 봄을 알리는 매화처럼 그 모습 풍아하다. 매화는 뜰에서만이 아니라 볕이 드는 그의 서재 문살에

아치의 미학적 모델인 매화는 뜰에서만이 아니라 볕이 드는 가람의 서재 문살에도 그리움으로 개화한다. 그 작은 꽃잎과 싱둥싱둥한 향기는 마음을 하나로 모으고 엮어 준다.

도 그리움으로 개화한다. 서실을 두드리면 금방이라도 가람이 〈청매〉
를 읊어줄 듯하다.

양사재의 구조는 'ㄱ'자 형태로 넓지는 않지만 옹색하지도 않은 집채
이다. 가람이 머물렀던 서재는 볕이 잘 드는 남향으로 고개를 내밀고
있다. 불을 베고 자는 구들장 맛을 볼 수 있는 이곳은 가람의 체온인 듯
은은한 불꽃을 품어내는 불기가 여전히 피어나고 있다. '가람다실'이
라 붙어 있는 현판을 중심으로 이어진 세 개의 방은 장지문으로 연결되
어 있다. 장지문의 미학은 벽을 사이에 두고 소통함에 있다. 공간을 가
르며 다른 공간을 만들고, 소리며 향은 그대로 통과하며 공유한다. 그
것은 벽이 아니라 여유의 품을 나누는 또 다른 소통인 것이다. 그 어떠
한 벽지보다 은근한 미를 드러내며 고풍을 더하는 장지문을 열면 고서
를 읽던 선비가 돋은 신경의 눈을 달래며 미소 지을 듯하다.

장지문으로 새어드는 매화 향을 어찌 모르는 척할 수 있으리. 소담
한 뜰에는 매화와 목련이 희고 붉게 화답하고, 이제는 먼데서 날아온

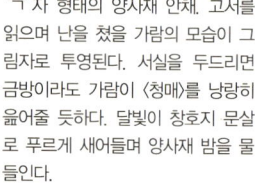

'ㄱ'자 형태의 양사재 안채. 고서를
읽으며 난을 쳤을 가람의 모습이 그
림자로 투영된다. 서실을 두드리면
금방이라도 가람이 〈청매〉를 낭랑히
읊어줄 듯하다. 달빛이 창호지 문살
로 푸르게 새어들며 양사재 밤을 물
들인다.

야생화가 낮은 키로 꽃을 피운다. 달빛이 창호지 문살로 푸르게 새어
들며 양사재의 밤을 물들인다. 수우재에서 그러하였듯이 오목대에 걸
려 있는 달을 바라본다. '푸른 가지엔 퍼런 움이 돋아나듯' 〈별〉을 부
르면 이내 가슴으로 들고 지금 이 곳이 어느새 그리움에 값하는 순간
이 된다.

> 돋는 새벽빛에 窓살이 퍼러하다
> 白花藤 香은 상머리 떠돌고
> 꾀꼬리 울음은 잦아 여윈 잠도 잊었다
>
> 松花 누른 가루 개울로 흘러오고
> 돌담 한 모르에 시나대 새순 돋고
> 茶밭엔 茶잎이 나니 茶나 먹고 살을까

____ 새벽

잠을 이루지 못한 밤 새벽빛은 푸르게 창호지를 물들인다. 잠 못 이
루는 까닭은 여러 가지일 터……. 꾀꼬리 울음 때문일 수도 있고, 백화
등 향이 상머리에 떠돌아서일 수도 있다. 청하여도 오지 않는 잠은 일
상의 먼지처럼 상념에 젖게 한다. 오목대에 있던 차茶밭을 즐겨 구경하
며 '茶밭에는 茶잎이 나니 茶나 먹고 살을까' 하고 묻던 가람에게 인간
적인 활인活人으로서의 면모를 본다. 집으로 돌아와서도 나 역시 한참을
잠을 이루지 못하고 뒤척인다.

양사재의 다스한 등불 아래 목이 찬 목련 때문도 아니고, 아궁이에
가람의 체온인 듯 남아 있던 붉은 화기 때문도 아니다. 결국 가람처럼
'茶잎이 나니 茶나 먹고 살을까?' 하고 묻는다. 정작 필요한 것이 그뿐

양사재의 실내는 가람이 머물렀던 서재를 중심으로 세 개의 방은 장지문으로 연결되어 있다. 장지문의 미학은 벽을 사이에 두고 소통함에 있다. 어떠한 벽지보다 은근한 미를 드러내며 고풍을 더하는 장지문을 열면 고서를 읽던 선비가 푸르게 돋은 신경의 눈을 달래며 미소 지을 듯하다.

이면 좋으련만. 마른 꽃대들 싸르락거리는 소리를 내며 꺼지지 않는 욕망들을 잠재운다. 가람의 풍아한 묘비를 생각하면서 茶만 먹고 살 수 없다면 송화 누른 가루가 개울을 타고 돌담 한 모퉁이에서 새순 돋는 꿈이라도 꾸었으면 싶다. 새벽 푸르름 같은 찬바람이 '쨍' 하고 이마를 친다. 명징한 푸르름, 그 심연처럼 삶의 깊이도 그러하였으면……

호올로 병을 기울여 국화주를 마셨다

零下 十五度의 大寒도다 지내고
잦았던 눈도 어제부터 다 녹이고
뜰앞의 梅花 봉오리도 볼록볼록 하고나

한잠 자고 나면 꿈만 시설스러웠다
이 늙은 몸에도 이세 벌써 봄 아닌가
일깨어 손주와 함께 뛰고 놀고 하였다

한 盆 水仙은 농주를 지고 있고
여러 蘭과 蕙는 잎새만 퍼런데
호올로 병을 기울여 菊花酒를 마셨다

_____ 梅·水仙·蘭

평생 고서를 수집할 만큼 소문난 애서가이면서 '영양가야 밥보다는 술'이라는 지론을 펼칠 만큼 가람은 술을 즐기는 애주가였다. 애주가는 풍류를 안다. 만년의 와병 중에도 '내 병과 술은 무관'이라며 돌아가는 바로 그날까지도 술잔 기울이기를 멈추지 않았다. 평소 '고서도 없고 난도 없이 서화나 붙여 놓은 방은 아무리 화려하더라도 요릿집에 불과하다'고 경멸할 정도였다고 한다. 가람의 선비다운 취향과 성품을 짐작할 수 있다. 그래서인지 가람은 늘 난초와 함께 책이 가득하였다. 술과 난초 향과 장서가 동고동락을 하는 생애였다고나 할까.

"나는 세 가지 복을 타고 났어. 술복, 제자복, 난초복이지." 하며 평소 자신의 삼복을 자랑하였다. 가꾸는 매화, 난초의 꽃이 피어 맑은 향기를 토하거나 울안에 토관의 백련이 한 송이 벙글 때에도 으레 문우와 제자를 불러 술상을 내놓고 즐기었다 한다. 가꾸는 화초의 꽃을 보며 그 향에 취해 나누는 술이란 산해진미보다 그 맛은 더할 것이다. 술상은 언제나 그 철의 미각을 살지게 하는 조촐한 안주와 가양주家釀酒로 빚은 두견주·연엽주·죽순주·국화주를 때로는 권하였다 한다.

한 그루 매화를 자처하던 가람이었으나, 뇌일혈로 쓰러진 이후에는 의사소통마저 힘들 정도로 병세가 악화되었다. 그러나 마지막 날까지 가람은 새 소리에 달이 밝고, 담담히 잔을 기울이며 하루해를 보내는 강호의 생활을 버리지 않았다. 거동이 불편했음에도 불구하고 사랑채와 툇마루 모정의 청소는 손수했다고 하며, 숨을 거두는 마지막 순간까지도 술에서 손을 떼지 않았다고 한다. 머리맡에 난초분도 없고 옆에는 제자도 없이 떠났으나 술복만은 끝까지 누린 셈이다.

가람의 막내 자부 윤옥병 씨에 의하면 가람은 점심을 들고 집 뒤의 진수당으로 나갔다고 한다. 그 뒤 이상한 소리가 나서 급히 가보니 술을 따라 놓은 채 쓰러져 있었다는 것이다. 끝내 온몸을 자유롭게 움직일 수 있는 완전한 회복을 하지 못한 채 향년 78세에 별 헤아리던 수우재에서 담담히 숨결을 거두었다.

가람의 장례는 5일장으로 전라북도문화인장의 절차를 밟아 여산 남초등학교 교정에서 거행되었고, 묘소는 수우재의 바로 뒷동산에 정하였다. 가람의 1주기를 기하여 전주의 다가산에는 가람시비가 세워졌다. 이 비에는 가람이 일제하에 쓴 시 〈시름〉이 새겨졌다. 한평생을 분필과 술잔을 놓을 수 없다던 '백세지사' 가람을 생각하며 다가산에 오른다. 새겨진 〈시름〉처럼 날이 흐려 더욱더 침울한 마음 감출 수 없다. 구불거리며 오르는 길 역시 인적하나 없이 을씨년스러운 분위기를 더한다.

가람은 난초같고, 청매같고, 수우재 용화산의 한 조각 구름 같은 삶을 살았다. 풍류를 즐기는 진정한 선비로서의 삶을 산 가람은 용화산을 적시는 붉은 노을처럼 실로 우리 국문학사와 더불어 길이 빛날 시인이다. 눈부심보다는 고개 끄덕이는 시를, 순간이 불멸이 되는 시의 목적을, 나는 오늘 가람의 시에서 또 시처럼 살다간 그의 삶에서 배운다. 단

가람의 1주기를 기하여 전주의 다가공원에는 가람시비가 세워졌다. 여기에는 일제하에 쓴 〈시름〉이 새겨져 있다. 순간이 불멸이 되는 시의 목적을, 나는 오늘 가람의 시에서 또 시처럼 살다간 그의 삶에서 배운다.

지 알기 위함이 아니라 사랑하기 위해 시작된 여행은 그리움에 값하는 순간을 선사했다. 순간이 불멸이 되는 삶을 산 가람이기에 그를 향한 여행은 진정 여기가 끝이 아님을 안다. 삶이란 늘 미완의 여행이 아니던가. 존재하는 이곳에서 밤하늘을 수놓는 〈별〉을 만나고 낮은 허밍으로 되뇌일 때마다 가람과의 조우는 계속될 것이다. 속절없이 무너지듯 사랑하기 위해서. 언제나 그리움으로 피어나기 위해서.

| 김영랑 |

찬란한 슬픔이 스며들다

박지학

수심 많은 파랑이
해안선을 따라 차분히 밀려든다.
강진 앞바다의 붉은 노을이
헤어짐의 시간을 알리면
이어질 내일의 설렘과 그리움으로
찰진 모래는 언어를 만든다.

내 마음 고요히 고운 봄길 위에

10월, 한여름 푸르게 노래하던 생명들이 지상을 향해 낙하한다. 바람을 따라 바닥을 뒹군다. 철지난 것들은 져야만 하는 순환의 논리가 심장을 관통한다. 비명 한 번 지르지 못하고 사라지는 낙엽을 따라 스산함이 밀려든다. 설익은 가을 앞에 먼저 취해 배웅나온 벼 이삭들과 고개 숙여 인사하고 고속도로에 들어선다.

'언제 다시 만날 꺼나.' 이별가의 한 대목을 부르듯 작별을 고한다. '언제 다시 만날 꺼나, 이 가을 지나고 겨울 지나면 돌아올 테냐.' 이 바람 지나고 눈보라 지나면, 한줌 훈풍을 타고 돌아오겠지. 햇살이 땅을 향해 웃어주는 봄에는 돌아올 게다. 사랑이 돌아오듯 계절도 돌아오는 법. 사랑을 기다리는 마음으로, 혹은 그녀를 기다리는 마음으로 봄을 기다려 보고자 한다. 그러나 봄을 기다리는 방법을 모른다. 그냥 이 자리에 서서 멍하게 봄을 기다려야만 하는 것인가? 아니다. 가만히 앉아 기다리면 새침데기 아가씨처럼 봄은 더디게 더 느린 걸음으로 올 것이다. 혹은 그냥 내 곁을 지나쳐 버릴지도 모를 일. 무얼 하며 봄을 기다려야 할까? 무얼 하고 기다리면 봄이 나를 반갑게 찾아와 줄까? 나에게 봄을 기다리는 방법을 가르쳐 줄 이는 누구일까? 고민하는 동안 어느새 차는 따뜻한 남쪽으로 달리고 있다. 그 길에서 영랑을 생각한다.

"돌담에 속삭이는 햇발, 김. 영. 랑. 돌담에 속삭이는 햇발같이 풀 아래 웃음 짓는 샘물같이 내 마음 고요히 고운 봄길 위에……" 이 시를 처음

시를 처음 대하고 읊조리는 일 잘 여문 곡식처럼 그것은 뇌리 속에서 기억을 머금고 시어를 탈곡해 내고 있다.

접했던 건 중학교 1학년 때이다. 흑백의 영상으로 떠오르는 학창 시절의 기억, 50명이 넘는 아이들이 제비새끼처럼 입을 모으고 재잘재잘 시를 읊고 있다. 어떤 아이는 자신감에 찬 목소리로 남들보다 크게 읊기도 하고 또 어떤 아이는 시를 외우지 못해 입모양만 따라 하고 있다. 이것이 바로 영랑과의 첫 번째 만남이다. 그때까지만 해도 김영랑이라는 시인이 여성시인인 줄만 알았다. 시인에 대해 전혀 모르는 상태에서 영랑의 느낌이 여성적이었다. 시어를 조탁하는 영랑의 세심함이 그러했다. 처음 접했던 그의 시가 그렇게 부드럽게 읊어졌다.

모란이 피기까지는

　고속도로를 빠져나오자 이제 막 윤기를 뽐내기 시작하는 들판이 햇볕과 함께 익어간다. 라디오에선 윤도현의 '가을 우체국 앞에서' 라는 노래가 흘러나온다. 이 시즌이면 늘 나오는 노래이건만 노래가 질리지 않는 까닭은 무엇일까? 계절의 변화라는 것이 우리의 입맛에 따라 적절히 식단표를 짜 놓아서일까? 가을 우체국, 그리고 시를 찾아 떠나는 길. 안도현의 '바닷가 우체국' 이란 시가 떠오른다. 노래와 함께 바람에 박자를 맞추는 길옆의 풀들은 따뜻한 국물 같은 시를 생각나게 한다. 내 상상이 붉은 우체통 부근에 다다랐을 때, 라디오의 주파수가 방송권을 벗어나 점차 흩어진다. 한참 음악에 빠져 있던 나는 편지봉투의 귀퉁이처럼 슬퍼지려 한다. 그러나 그리 슬퍼할 일만은 아닌 듯싶다. 강진으로 향하는 제한속도 80킬로미터의 쭉 뻗은 도로만 남아 있기 때문이다.

가을은 12시 방향에 자리하고 있다. 12시를 향해 꾸준히 가다보면 어느 것도 가을이 아닌 것은 없다. 변색한 들판을 따라 여유를 가지고 본인의 검은 마음들을 탈색시켜 보라.

이제 불과 십여 킬로미터 남짓한 길. 오늘 하루는 영랑과 교제하련다. 시기하며 계속해서 따라오는 월출산을 피해 가슴 뛰며 강진 입구에 들어선다.

웬 어르신 한 분이 자리를 지키고 계신다. '어디서 많이 본 듯한 분인데…….' 다산 정약용 선생이다. 머릿속엔 온통 영랑 생가를 찾아야 한다는 생각뿐이었는데 다산의 동상을 보니 괜히 마음이 뜨끔하다. 내 마음이 들떠서인지 다산 선생의 인상이 유난히 온후해 보인다. 오늘 영랑과의 교제를 흔쾌히 허락한 모습이다. 다산 선생의 승낙이 떨어짐과 동시에 좌회전 신호에 불이 들어온다. 설레는 차는 5분도 되지 않아 생가에 다다른다.

어느 성우의 목소리인지는 몰라도 생가에선 영랑의 시가 낭송된다. 제일 먼저 눈에 띄는 것은 수령이 꽤나 오래되어 보이는 은행나무다. 가지 끝에는 길 가다 지친 구름이 앉아 쉬고 있다. 영랑의 이름을 지닌 '영랑빌라'는 생가의 배경에 함께 기대어 있다. 오래전부터 영랑을 사모해온 듯 빌라는 그 외벽에 세월의 주름살을 드러내고 영랑과 함께 늙어간다.

대문을 지나 드디어 영랑의 집에 첫발을 내딛는다. 우측으로는 담쟁이 넝쿨이 돌담을 튼튼하게 감싸고 있다. 좌측으로 잔디가 심어진 마당에는 어른 키만큼 자란 단풍나무가 보기 좋게 벤치를 가려주며 어서 와서 앉아보라 유혹한다. 사이좋게 둘러앉은 모란은 '모란이 피기까지는'의 시비 앞에서 다정하게 햇볕을 쬐고 있다. 노랗게 물 흐르는 잔디와 붉은 기색이 역력한 담쟁이 넝쿨 사이에서 〈모란〉의 시비는 소풍이라도 나온 듯 한산하게 부는 바람을 맞으며 서 있다.

〈모란〉의 시비 앞에 다정히 손을 잡고 서 있는 어머니와 아들이 동화같은 풍경을 연상시킨다. 'TV동화 행복한 세상' 이라는 텔레비전의 한 프로를 보고 있는 것만 같다. 여섯 정도 되어 보이는 남자 아이는 호기심에 가득찬 얼굴로 시비 앞에 올라서려고 애를 쓰고 있다. 어머니는 아이를 시비의 글씨가 보일 만큼 조금 떼어놓고 말한다. "우리 예성이 이거 읽을 수 있지? 어디 한 번 잘 읽나 볼까?" 아이는 사탕을 사러 슈퍼마켓에 들어가는 여느 아이들과 다름없는 초롱초롱한 눈빛으로 하나씩 하나씩 더듬거린다. "모오…나…니……피이·기…까··까·깍··깍 맞어??" 어느 누가 보아도 서툰 솜씨이다. 어머니가 같이 읊어 내려간

진정한 '쉼'에 임하기에 앞서 먼저 각박한 마음씨를 잘라내야만 한다. 그리고 그 그루터기에 무엇이 되었건, 누군가가 되었건 먼저 앉혀야만 한다.

모란의 시비 앞에선 시에 대한 일념으로 집중한다. 시비를 중심으로 생각을 당겨보기도 하고 밀어보다 보면 삶의 근원적 희비가 교착한다.

다. "모. 란. 이. 피. 기. 까(깍). 지. 는……." 아이는 제가 맞춘 호흡에만 입을 연다. 도무지 '까' 는 읽어지지 않는 모양이다. 보이는 글자만을 서툴게 읽어 내려갔을 아이는 영랑이 누구인지, 모란이 무엇인지 물론 잘 알지는 못한다.

그러나 모란이 피고 짐을 계속 하듯이, 이 아이 역시 언젠가는 서운과 보람이 순행하는 인생의 진리를 깨달을 것이다. 성인이 되어 본인이 또 자식의 손을 잡고 모란이 주는 교훈을 계속 이어갈 것이다. 그러면서 영랑의 이름은 오래오래 불려질 것이다.

모란이 피기까지는

나는 아직 나의 봄을 기둘리고 있을 테요

모란이 뚝뚝 떨어져버린 날

나는 비로소 봄을 여읜 설움에 잠길 테요

오월 어느날 그 하루 무덥던 날

떨어져 누운 꽃잎마저 시들어버리고는

천지에 모란은 자취도 없어지고

뻗쳐오르던 내 보람 서운케 무너졌느니

모란이 지고 말면 그 뿐 내 한해는 다 가고 말아

삼백 예순날 하냥 섭섭해 우옵네다

모란이 피기까지는

나는 아직 기둘리고 있을 테요 찬란한 슬픔의 봄을

_____ 모란이 피기까지는

영랑은 모란 속에서 삶의 보람을 느낀다. 그런데 모란을 기다리는 정서에는 반대로 모란이 질 때 잃어버리는 설움이 존재한다. 모란에 영랑의 마음이 모두 의지해 있다. 영랑이 참고 기다리면서 또 우는 것도 모란이 피고 지는 것에 있다. 모란을 기다리는 삼백예순 날은 보람이 있는 날이다. 그러나 그 이면에는 허전함이 깔려 있다.

모란은 무엇일까? 봄을 가장 먼저 알리는 전령사일까? 혹은 모란꽃을 닮은 그녀일까? 그리고 영랑은 왜 그것을 기다리는 것일까? 그 끝없는 의문들 안에서 모란은 침묵으로 지고 어느새 계절은 가을이라는 이름 앞에 멈춰 섰다. 천지에 자취도 없이 모란이 사라지고 남은 것은 기다림뿐이다. 현재 영랑이 존재하지 않는 영랑의 생가처럼 빈 나뭇가지에 기다림만 남았다.

모란은 어찌 보면 잔인하다. 기다림의 고통을 온몸으로 겪게 만든다. 일 년의 365일 중 단 몇 주도 피지 못하고 지는 허망한 꽃을 어찌하여 기다리는 것일까? 그 짧은 화려함이 아쉽다. 하지만 짧은 생애가 삼백예순 날 모란을 기다리게 만든다. 모순이다. 기다림에는 모순이 묻어난다. 기다린다는 것은 가질 수 없는 것을 동경하는 것이다. 곁에 둘 수 없는 것을 욕심내는 것이다. 그러나 기다림은 그 대상이 나에게로 오는 순간, 혹은 내 것이 되는 순간 사라진다. 더 이상 그리움의 대상이 될 수 없다. 영랑에게 모란이 그러했다. 기다림의 순간이 다하고 내 것인 양 안심하려는 순간 떠나가 버린다. 그래서 영랑은 한생을 다해 모란을 기다린다. 영원한 것은 없다. 그것은 우리가 너무나도 잘 알고 있는 진리이다. 그러나 이러한 사실을 잘 알면서도 상실 앞에서 슬픔을 감출 수 없는 이유는 애착 때문이다.

영랑은 다시 또 모란을 기다린다. 일 년 내내 울면서도 모란을 기다린다. 쓰라린 기다림의 고통 속에서 기다림을 멈추지 않는다. 이는 그 기다림 속에 약속이 숨어 있기 때문이다. 결국 모란은 겨울바람의 끝자락을 타고 돌아올 것이기 때문이다. 꽃을 잃은 모란의 가지는 내년 봄 약속을 지키기 위해 잎을 물들이고 있다.

 돌담에 소색이는 햇발같이
 풀아래 웃음짓는 샘물같이
 내마음 고요히 고흔봄 길우에
 오늘하로 하날을 우러르고 싶다

 새악시 볼에 떠오는 부끄럼같이
 시의 가슴을 살프시 젖는 물결같이
 보드레한 애메랄드 얗게 흐르는
 실비단 하날을 바라보고싶다

 ___ 내 마음 고요히 고흔 봄길 우에

  영랑이 시어를 사용하는 데 있어서 그 탁월함이 돋보이는 것이 바로 '소색이는, 새악시, 살프시, 보드레한, 실비단' 이다. 영랑의 예민한 촉각은 자연 속에서 미세하게 드러난다. 영랑의 섬세함이 여성의 그것 못지 않은 까닭은 이 때문이다.

  햇발이 돌담에 스며들어 따스한 이야기들을 속삭이고 있다. 풀 아래로는 봄빛이 가득 든 샘물이 입가에 웃음을 짓는다. 시인의 마음은 고요히 고운 봄의 꽃향기를 맡으며 하늘을 향해 우러른다. 새악시의 볼에 떠오르는 부끄럼같이, 시가 나올 것만 같은 마음을 살포시 적시는 물결같이, 마음은 반짝인다. 시의 가슴은 보드레한 에메랄드 얇게 흐르는 실비단 하늘에 닿아 있다.

밤길을 가듯 더듬더듬 돌담을 쓰다
듬으면, 시의 가슴을 살포시 적시는
물결들이 어느새 메마른 흙들을 진
흙으로 바꾸어 놓는다.

영랑은 봄을 바라보기 위해 태어났다. 시라는 호수에 개개인의 감정을 익사시켜보라. 그런 뒤에 부표처럼 떠오르는 것이 있다면 그것은 영랑의 삶이요, 영롱한 영랑의 시어이다. 봄을 몇 달 앞둔 1903년 1월 영랑은 이곳에서 태어난다.

본명은 김윤식, 영랑은 아호이다. 문단에서는 주로 아호를 많이 사용했기에 우리에게는 김영랑으로 더 익숙하다. 조부는 벼슬을 하였고, 부친 또한 500섬의 지주였다. 경제적으로 여유로운 집에서 자라난 영랑은 부친이 마당에 모란을 옮겨 심었을 때 모란을 처음 보게 된다.

대문 안으로 들어선다. 짙어진 가을의 물결은 어느새 그 농도가 더해지려 한다. 마당 앞의 맑은 샘을 들여다보려 하지만, 덮개가 씌워진 채 오래 전부터 사용을 멈추었다. 그러나 별이 총총 박힌 맑은 샘을 떠올려 본다. 달이 수북 담긴 그 샘 앞에 내가 있다. 그 물 한 바가지 내가 먹고, 나머지는 그대로 자연에 돌려주리라. 물 나눠 마신 귀뚜라미가 시원타고 찌르르거린다. 영랑이 시에서 그토록 말했던 것이 그것 아니었던가? 자연에 자기 자신을 대비시켜 볼 필요도 없이 자연을 자연그대로 '내 마음' 속으로 받아들인 영랑의 마음이 그것 아니었던가? 영랑의 시는 그래서 물 흐르듯 흘러가는 것처럼 보인다.

어딘가 모르게 쓸쓸한 빛, 생가를 둘러싼 적막한 풍경이다. 그것은 안채 뒤 대바람 소리와 어울려 애잔함을 자아낸다.

안채 옆에는 주인 잃은 항아리가 쓸쓸한 모양을 하고 앉아 있다. 마주 보이는 주홍의 감과는 언뜻 보아 상반되어 보인다. 주홍의 감나무나 짙은 밤색을 하고 있는 장독이나 주인을 잃었음은 마찬가지이다. 그러나 주인이 없다 하여 찾는 이가 없음은 아니다.

가시 돋친 호랑가시나무에도 향 좋은 하얀 꽃이 피면 벌이 찾아들기 마련이다. 세상에 홀로 존재하는 것은 어디에도 없다. 사람이 때론 홀로 고독감에 빠지는 것도 자신을 둘러싼 사람들, 혹은 일상이라는 배경이 있기 때문에 외로움을 느끼는 것이다. 감나무는 익기 전 그 떫떠름한 맛 때문에 약을 하지 않아도 벌레가 잘 생기지 않는다. 그러나 잘 익은 열매가 되면 까치며 청솔모 등의 짐승들이 모여든다. 장광이라고 아니겠는가. 날다가 지친 잠자리가 앉기도 하며, 두꺼비가 숨어 지내기도 한다. 하물며 나 또한 지금 걸터앉아 있다.

영랑이 존재하지 않는 생가이지만, 영랑의 시정신이 무르익어 있다. 사시사철 사람들이 찾아든다. 그야말로 인생이 가을같이 익어간다.

'오—매 단풍 들것네'
장광에 골 붉은 감잎 날아와
누이는 놀란 듯이 치어다보며
'오—매 단풍 들것네'

추석이 내일모레 기둘리니
바람이 자지어서 걱정이리
누이의 마음아 나를 보아라
'오—매 단풍 들것네'

___ 오—매 단풍 들것네

추석을 내일모레 기다리며 누이는 장독에서 장을 꺼내고 있다. 색이 변한 감나무의 잎이 누이의 앞으로 떨어진다. 누이의 입에선 '오매 단풍

까치밥으로 남겨진 감 몇 개와 함께
내 마음 장독대 위에 올려 두었다.
이따금 따스한 햇볕이 내려와 선선
한 바람에 태워 실어가곤 하였다.

들것네' 라는 감탄사가 절로 나온다. 그녀는 감나무를 올려다본다. 엷은 홍시가 선선한 바람에 드러나 수줍은 듯 발그레해져 얼굴을 감싸고 있다. 모든 잎들이 감나무 가지를 붙들고 있지만 서서히 힘에 부친다.

영랑은 그것을 바라보고 있다. 추석은 내일모레 점점 다가오고 바람은 잦아진다. 영랑은 근심스런 누이에게 '누이의 마음아 나를 보아라'며 안심시켜 주고 있다. 감나무의 잎. 그것은 두텁기도 오지게 두터우며, 바스락거리기도 겁나게 바스락거린다. 그 감나무 잎이 누이의 앞으로 떨어졌으니 누이는 놀랄 법도 한데, 거기에 추석은 다가오고 바람까지 잦다. 잦은 바람은 추석을 준비하는 여인네의 분주한 마음을 더욱 고조시킨다. 심란한 누이의 마음을 영랑은 시에서 '오매 단풍 들것네'라고 말하며 붉게 물들인다.

유년 시절을 생각한다. 누이는 어디서 눈깔사탕 하나 생기면 그것을 주머니에 꼭꼭 감추었다가 내 앞에 꺼내 놓았다. 사탕을 먹을 때는 항상 온전한 것을 먹는 법이 없었다. 이미 주머니에서 사탕의 겉이 녹았기 때문이다. 그런 누이가 누군가에게 괴롭힘을 당하면 오빠랍시고 그 동네 작대기는 모두 휘두르고 다녔던 기억이 난다. 그 시절을 거쳐 이렇게 성장해 버린 지금, 그때처럼 가까이서 토닥이는 풋풋함은 없어졌지만 아주 가끔은 살가운 말 한마디가 서로 의지될 때가 있다. 그것이 피를 나눈 형제이다. 영랑의 인생에서 피를 나눈 형제만큼이나 의지가 되었던 이는 누구였을까. 장광 옆으로 놓여 있는 모란들을 다독거려 보며 영랑의 삶을 돌아본다.

내 마음 아실 이

영랑이 14세 되던 해였다. 아버지는 이미 정해 놓은 이웃집 처자와 혼인을 하라 했다. 그 처자의 나이는 영랑보다 두 살이 많은 16세였다. 혼인을 올리고 영랑은 공부하기 위해 서울로 올라갔다. 멀찍한 신혼생활이 일 년이나 되었을까. 영랑은 믿기지 않는 비보를 전해 듣는다. 아내의 죽음이다. 유행성 전염병으로 허무하게 생을 마감한 영랑의 첫째 부인. 육자배기가 그 한을 달래준다면 얼마나 좋겠는가? 차라리 그의 슬픔이 육자배기로 승화된다면 오죽이나 좋겠는가? 쓸쓸한 뫼 앞에 앉아 무덤의 잔디에 얼굴을 부비고 있을 영랑이 생각난다. "엄격한 가문에서 자라난 소년으로 부부애를 겉으로 드러낼 수는 없었겠으나, 아내와 사별한 애정을 간절히 느꼈을 것이다." 라는 지용의 말이 마음을 더욱 구슬프게 한다.

영랑이 가락을 읊게 한 또 다른 까닭은 절친한 벗인 용아 박용철 시인의 죽음이다. 영랑은 '박용철과 나' 라는 글에서 이렇게 말한다.

'용철이, 용철이, 다정한 이름이다. 스무 해를 두고 영랑의 입에서 그만큼 많이 불려진 이름도 둘을 더 꼽아 셀 수 없을 것 같다. 20년 후 처음으로 벗을 알게 되면서부터 그 이름을 부르기 시작하여 나는 여태껏 가장 허물없고 다정하고 친근하고 미더운 이름으로 용철이, 용철이 불러 온 것이다.

아! 그가 영영 가 버리고 만 오늘 나는 그대로 그 이름을 자꾸 불러 보아 오히려 더 친근하고 다정하여 혓바닥에 이상한 미각까지 생겨나는

박용철과 김영랑, 언어를 넘나드는 시인이다. 그러나 이 둘 사이에는 언어가 필요치 않다. 오히려 가슴으로 두드린다. 벗이기 때문이다.

것을 깨닫나니 아마 내 평생을 두고도 그러아니치 못하리로다.'

영랑은 용철이 시를 쓰도록 끌어 들인다. 용철은 영랑에게 "나를 오입시키지 말라."며 농담 섞인 어조로 말을 하곤 했다 하지만 박용철은 《영랑시집》을 간행해 줄 정도로 영랑의 절친한 벗이다. 영랑 역시 용철이 죽고 난 뒤에 정지용과 함께 돌아간 벗의 유고시집을 간행한다. 그것이 《박용철 전집》이다. 현재 광주공원에는 영랑과 용철의 우정을 대신하듯 〈떠나가는 배〉, 〈모란이 피기까지는〉의 시비가 사이좋게 자리하고 있다.

내 마음을 아실 이
내 혼자 마음 날같이 아실 이
그래도 어데나 계실 것이면

내 마음에 때때로 어리우는 티끌과
속임 없는 눈물의 간곡한 방울방울
푸른 밤 고이 맺는 이슬 같은 보람을
보밴 듯 감추었다 내어드리지

아! 그립다
내 혼자 마음 날같이 아실 이
꿈에나 아득히 보이는가

향 맑은 옥돌에 불이 달아
사랑은 타기도 하오련만
불빛에 연긴 듯 희미론 마음은

사랑도 모르리 내 혼자 마음은

___ 내 마음을 아실 이

답답함의 근원은 어디에서 오는가? 그것은 상호 소통할 수 없음에서 나온다. 영랑이 그토록 갈구했던 '내 마음을 알아줄 이'가 존재하지 않음으로써 영랑은 스스로 애잔함에 젖어 든다. 영랑은 자신의 마음을 알아줄 상대를 원하고 있다. 그러나 누구라고 선명하게 말해 주지는 않는다. 그것은 먼저 떠난 부인일 수도 있을 것이며, 함께 시를 쓰다 펜을 놓고 먼저 간 용아 박용철에 대한 것일 수도 있다. 아니면 남몰래 그리워하던 다른 대상이 될 수도 있다.

티끌과 눈물, 이슬로 밤을 새우며 또다시 외로움에 처한 영랑. 꿈에서라도 그러한 이가 보이지 않는다는 생각에 영랑은 하염없이 깊은 슬픔에 잠긴다. 영랑의 마음을 알아 줄 이가 나타난다면 이슬 같은 보람을 내어드릴 텐데 현실이 그러지 못함이 딱할 뿐이다. 마지막 연에 이르러 영랑은 마음이 사랑조차 모르는 '연긴 듯 희미한' 것으로 표현한다. 그러나 티끌이 항상 티끌일 것이며, 눈물이 항상 눈물로만 존재할 것인가.

슬픔은 시간에 의해 해결된다. 시간만이 티끌을 털어낼 수 있다. 세월만이 눈물의 흔적을 닦아낸다. 손가락 하나가 아픔으로 해서 나머지 손가락마저 쉽게 둘 수는 없는 일이다. 나머지 손가락들이 제각각 역할을 하고 있는 동안, 아픈 손가락이 아물고 그 위에 딱지

사랑채에는 '거치다'라는 표현이 적합하다. 아이들의 말소리가 거쳐 가기고 하고 먼지가 거쳐 가기도 하며, 고풍의 툇마루 위로 세월이 거쳐 가기도 한다.

가 없어진다. 그 상처의 정도에 따라 딱지가 떨어지면서 아무렇지 않게 낫거나 흉이 질 수도 있다. 그러나 오랜 시간이 흐른 뒤에는 그것은 아픔이 아니라 옛 생각이 되고 마는 것이다.

영랑이 시를 쓰고 소리를 했을 사랑채에 다다랐다. 고풍의 툇마루가 꼭 가을빛처럼 생겼다. 영랑은 음악에도 관심이 많아 한때 성악을 전공하려 결심하였다. 부친은 장남인 영랑에게 기대가 컸을 터, 그의 뜻을 반대한다. 영랑이 꿈을 버리긴 하였으나, 그는 명창들과 고수들을 불러놓고 가락의 참맛을 즐길 줄 아는 사람이었다. 나이 어린 이의 가락보다도 세월에 묵어 숙성된 이의 가락에 더 심취하였다. 그래서 영랑의 시는 섬세한 가락으로 새겨진다. 탄산음료에 가루약이 쫙 퍼지는 느낌이라 해야 할까? 아니면 혈관을 타고 들어와 뇌 속에 머무는 약물에 대한 중독이라 해야 할까? 영랑 시어의 조탁은 영랑 시를 읽는 내내 수없이 사전을 들춰보게 한다.

독을 차고

'자네 소리하게 내 북을 치제.' 금방이라도 소리 한 자락이 흘러나올 것만 같다. 남도의 육자배기 가락, 육자배기 가락은 흥이 나서 뽑는 가락이 아니다. 시름을 달래는 노래다. 육자배기가 쉽게 떠오르지 않는이라면 영화 〈서편제〉에서 흘러나오던 가락을 생각해보면 될 것이다. '녹수우야 …… 으으으' 비통한 시름이 산을 넘는다. 산을 넘되 가볍게 넘는 것이 아니라 온몸으로 넘는다. 해가 지고 날이 새도록 온몸으로 애달프게 산을 넘는다. 그 가락이 바로 육자배기 가락이다. 그래서 전라도 사람들의 울음소리를 육자배기 가락이라 했던가. 영랑은 왜 그리도 울음소리를 내었던 것일까.

영랑은 일제에 빼앗긴 나라에서 모란을 바라보며 강진에서 지낸다. 이미 휘문의숙 시절에 고향으로 독립선언문을 숨겨와 적발되어 형무소에서 복역한 적 있는 영랑이다. 일제가 창씨개명을 요구했을 때, 영랑은 "내 집의 성씨는 김씨로 개명혔소!" 라고 말하며 개명을 거부하기도 한다. 이 때문에 피곤하리만큼 일제의 관리 대상이 되어야만 했다. 순찰함 비슷한 것을 두어 매일매일 관리를 당했던 영랑이다. 그러나 영랑은 그들을 무시로 일관하였다.

내 가슴에 독毒을 찬지 오래로다.
아직 아무도 해害한 일 없는 새로 뽑은 독
벗은 그 무서운 독 그만 흩어버리라 한다.
나는 그 독이 선뜻 벗도 해할지 모른다 위협하고,

독 안 차고 살아도 머지 않아 너 나 마주 가버리면
억만세대億萬世代가 그 뒤로 잠자코 흘러가고
나중에 땅덩이 모지라져 모래알이 될 것임을
'허무虛無한듸!' 독毒은 차서 무엇 하느냐고?

아! 내 세상에 태어났음을 원망 않고 보낸
어느 하루가 있었던가 '허무虛無한듸!' 허나
앞뒤로 덤비는 이리 승냥이 바야흐로 내 마음을 노리매
내 산 채 짐승의 밥이 되어 찢기우고 할퀴우라 내맡긴 신세임을

나는 독을 차고 선선히 가리라

마금날 내 깨끗한 마음 건지기 위하야.

— 독毒을 차고

영랑은 스스로 지키기 위해 독을 찬 지가 오래 되었다. 그런데 그 독은 아직 아무도 해친 일이 없는 독이다. 독은 공격적인 것이 아니라 방어적인 것이다. 방어적인 독은 시간이 오래 되었다고 해서 낡은 것이 아니다. 오히려 한 번도 사용하지 않았기에 새로 뽑은 독이다. 그것은 언제든 공격해오면 강력하게 대응할 수 있다는 의지이다. 벗은 그 독을 그만 포기하라 하지만, 독을 품을 영랑의 마음은 이미 결연하여 말리는 벗을 해칠지도 모른다.

그러나 벗은 독은 차서 무엇 하느냐고 한다. 삶은 어차피 본인의 의지대로 흘러가는 것이 아니다. 또한 의지대로 산다고 해서 그 삶이 끝

새의 부리는 그리운 곳을 향해 있다.
간절히 무언가를 그리는 행위, 그것
은 외로운 것이다.

까지 이어지는 것도 아니다. 결국 삶은 모래알처럼 소멸되는 과정에 있다. 벗은 그런 이유에서 영랑을 극구 반대한다.

영랑 역시 그러한 것을 잘 안다. 삶이 허무하다는 것. 그러나 이제는 그렇게 살 수가 없다. 일제에 빌붙어 동족을 괴롭히는 이리와 승냥이를 보고 허무하게 있을 수만은 없다. 영랑은 말한다. 지난날을 뒤돌아보았을 때, 깨끗한 마음을 건지기 위하여 억압의 사회에 순응할 수만은 없다고…….

식민지 치하에서 영랑은 결코 현실에 순응하지 않는다. 오랫동안 가슴 깊은 곳에 독을 차고 혼자서 세월을 견뎌간다. 식민지 치하에서 독을 품지 않고 순응하며 사는 방법은 친일이다. 오히려 그것이 현실적인 삶에서 편할지도 모른다. 그러나 영랑은 시대의 현실에 휩쓸리지 않았다. 오히려 그러한 시대를 등지고 모란이며 여러 화초를 가꾸며 살았다. 영랑이 한때 시를 쓰지 않았던 것도 바로 그 때문이다. 영랑의 마음을 생각하니 구석구석 빛이 난다. 벅찬 마음을 뒤로 접어두고 영랑의 동상으로 향한다.

바닷물이 빠져나간 자리에 고뇌와 슬픔을 침전시킨다. 햇볕에 태워 재로 뿌린다. 그리하면 게들이 몰려와 집어 가리라. 밀물이 몰려와 융해시키리라.

그대는 호령도 하실 만하다

좁은 시골길이 정겹다. 터덜터덜 먼지를 날리고 가는 경운기의 뒷모습이 한가롭다. 시간에 닳은 것들은 모두 익숙하다. 평온하다. 이 평온함은 어디에서 온 것일까? 이 평온함에 젖어 영랑은 강진을 떠나지 못했을 것이다.

모란을 향해 가는 길목. 의젓하게 서 있는 영랑의 동상이 천리를 바라본다. '영랑공원!' 의 해질 무렵, 영랑의 뒤로 후광이 빛난다. 영랑의 동상으로부터 뻗어 나온 빛은 가을 황량한 들판에 온기를 불어 넣고 있다. "싸게 싸게들 오쇼."라며 영랑은 반겨준다.

북쪽으로 월출산을 분기점으로 하여 영암군과 경계를 이루는 강진. 강진만으로부터 이어지는 남해의 깊은 바닷길은 역사를 이어 줄기차게 흘러간다.

창랑에 잠방거리는 섬들을 길러
그대는 탈도업시 태연스럽다

마을을 휩쓸고 목숨 아서간
간밤 풍랑도 가소롭구나

아츰날빛에 돛 노피 달고
청산아 봐란듯 떠나가는 배

바람은 차고 물결은 치고

그대는 호령도 하실 만하다

___ 그대는 호령도 하실 만하다

바다가 제일 먼저 보이는 포구로 나간다. 영랑의 표현을 빌려 말해
보고 싶다. 강진골 다도해 위에 오리 새끼들처럼 섬들이 잠방거리며 노
닐고 있다. 풍랑이 지나면 언제 그랬냐는 듯 바다는 고요하다. 그 위로
오리 새끼 같은 섬들이 잠방거리고 있다. 너무나도 감각적인 표현이다.
돛을 높이 달고 고기 잡으러 가는 어부들의 호령이 들리는가?

배는 어디를 향해 가는가? 현실이 어떠하든가? 무엇을 좇아 그들은
가는가? 이 순간 강진은 내 마음 속 화폭에 담긴다. 그곳에서 아무 말
없이 흘러가는 정경들과 시골의 이야기들을 고요하게 전해 주고 있다.

영랑이 서울에 거주할 때 6·25가 터졌다. 서울이 수복된 후 국군과
공산군의 치열한 쟁탈전이 벌어진 그때 영랑은 방공호에서 피신 중이
었다. 피난 인파가 빼곡하게 들어서자 영랑은 자리를 양보하고 그곳을

배는 아직도 뭍에 매어 있고, 어부
는 낚싯줄에 매여 있다. 이제 갈매
기는 그리운 곳을 향해 떠나고 있
다. 풀어버릴 시간이다. 얽매인 밧줄
을 끊어내고 그리운 곳으로 부리를
향해 보자.

빠져나온다. 바깥 상황을 살피기 위해 담 너머를 내다보는 순간 바로 옆으로 포탄 하나가 떨어졌고, 그 파편이 영랑의 복부를 파고들었다.

꽃은 시들기도 전에 서운케 떨어졌다. 그러나 영랑의 시심은 저 멀리 나가 있는 배를 타고 잠방거리는 섬들을 건너 계속해서 흘러가고 있다. 영랑은 천부적인 언어적 감수성을 보여주는 시어의 조탁을 통해 모국어의 완성을 지향한 시인이다. 또한 우리 고유의 전통적인 서정과 가락을 현대적 작시법에 의해 창조적으로 승화시킨다. 그의 독창적인 시어와 탁월한 리듬은 현대문학사에 지워지지 않는 족적을 남김으로써 끝없이 흘러가고 있다.

언제부터인가 돌에 글씨가 새겨 있기만 하면 무슨 시비詩碑가 아닐까 하여 유심히 보게 되는 버릇이 생겼다. 집으로 향하는 길, 아쉬움이 못내 떨쳐지지 못했는지 피로조차 느껴지지 않는다. 돌아오는 고속도로 휴게소에서 멀리 번쩍 하고 눈에 띄는 비석이 있다. 글씨까지 새겨져 있다. 설마하는 마음으로 다가가 본다. 그러나 영랑의 시비는 커녕 시비 자체가 아니다. 영랑 시비이길 바라서였을까? 마음 한구석이 허전하다. 아쉬운 마음일까, 허전한 마음일까, 많은 생각들을 하는 이 순간, 영랑성 저기압이 남쪽으로부터 섬들을 길러 북상하고 있다.

| 신석정 |

그대! 그 먼 나라를 알으십니까?

김아리사

당신이 이렇게 말했지요.
따뜻하게 순수하게 그리운 것은
꼭 만나고 싶은 것이라고.

나는 그냥
당신 떠나려는 길 위에
반짝이는 이야기 꽃잎들을
떨구어 놓겠습니다.
허면
당신은
그리움과 만나겠지요.

먼 나라를 노래하던 그곳

석정이 노래한 '그 먼 나라'를 알고 싶었다. 이 막막한 지구별에서 '그 먼 나라'를 찾기 위하여 어디에서부터 출발해야 할까. 석정의 고향인 부안은 우리에게 '그 먼 나라'로 떠나는 최소한의 출발점을 지시해준다. 그곳은 석정의 유토피아가 아니라 유토피아로 향하는 표지판이 서 있는 곳이다. 히말라야 산정에 오르기 위하여 산의 입구에 한 점으로 서는 기분으로 부안을 향해, 그 먼 나라를 지시하는 지도의 첫 번째 지점으로 떠난다.

어머니
당신은 그 먼 나라를 알으십니까?

산비탈 넌지시 타고 내려오면
양지밭에 흰 염소 한가히 풀 뜯고
길 솟는 옥수수밭에 해는 저물어 저물어
먼 바다 물소리 구슬피 들려오는
아무도 살지 않는 그 먼 나라를 알으십니까?

어머니 부디 잊지 마서요
그때 우리는 어린 양을 몰고 돌아옵시다

어머니
당신은 그 먼 나라를 알으십니까?

오월 하늘에 비둘기 멀리 날고

오늘처럼 촐촐히 비가 나리면

꿩소리도 유난히 한가롭게 들리리다

서리가마귀 높이 날아 산국화 더욱 곱고

노란 은행잎이 한들한들 푸른 하늘에 날리는

가을이면 어머니! 그 나라에서

양지밭 과수원에 꿀벌이 잉잉거릴 때

나와 함께 고 새빨간 능금을 또옥 똑 따지 않으렵니까?

_____ 그 먼 나라를 알으십니까 _ 중에서

'나도 언제 산이 되어 보나.' 산을 바라보고 산이 되길 기다리던 석정의 꿈은 산과 함께 높아져 아름답게 살고 있다.

석정이 노래하는 '그 먼 나라'는 지금 우리가 살고 있는 욕망으로 가득찬 이 나라와 가장 먼 곳에 있는 곳이다. 욕망의 제로 상태, 순수한 자연에로의 회귀를 석정은 노래한다. 한없이 평화롭고 고요한 이 시의 이면에는 우리들의 욕망과 그 욕망이 빚어낸 문명에 대한 멸시가 도사리고 있다. 모든 자연이 순수하게 표백되어 드러나는 '그 먼 나라'의 첫째 조건으로 석정은 인간은 '아무도 살지 않는' 곳이어야 한다고 표명한다. 유토피아의 어원이 '어디에도 없는 곳'이라는 것을 증명이라도 하는 듯 석정의 '그 먼 나라' 역시 아무도 살지 않는 나라라는 역설을 함축한다. 그러므로 그 먼 나라는 내가 죽은 그 다음 날에 찾아온다. 아니면 그 나라는 그 나라를 찾아 떠나는 그 여정 속에서만 존재한다. 나 자신을,

너를 그리고 우리를 우리의 추악한 욕망을 던져 버리고, 벗어나고, 막막 달아나고…… 그 도피의 행위만이 우리에게 '그 먼 나라'의 답을 줄 것이다.

흙은 사라지고 길만 남다

전라도에는 '살아서 부안, 죽어서 임실'이라는 옛말이 있다. 부안에는 먹거리가 풍부하고 임실에는 명당자리가 많다는 사실에서 유래한 말이다. 그 말마따나 부안은 산, 강, 바다, 평야를 두루 끼고 있어서 먹거리가 풍부하고 다양한 지방이다.

석정은 일제 강점기와 6·25전쟁 등을 겪으면서 정치사적으로 신산한 경험을 한다. 해방 이후 우리 민족은 어느 아득한 꽃덤불에 안겨볼 여유도 없이 난삽한 이데올로기 분쟁에 돌입하였고, 석정 역시 그 소용돌이의 격류에 죽음의 문턱을 넘나들었다. 또한 석정은 《촛불》과 《슬픈 목가》의 판권을 쌀 두 가마니 값에 넘겨야만 했던 가난의 경험을 한 수필에서 토로하기도 한다. 그러나 석정의 가난은 그나마 지식인의 '여유로운 가난'이었던 것으로 추정된다. 그의 시에 드러난 가난은 안분지족에 따른, 욕망을 비우고자 하는 목가의 정신적인 실천 행위이다. 자급자족의 농경사회에서 부안의 풍요로운 자연환경은 석정에게 생존의 여건과 목가적인 시정신을 키워줬을 것이다.

전주에서 출발하여 25번 국도에 들어서면 한반도에서 유일하게 지평선을 볼 수 있는 김제평야가 펼쳐진다. 시야의 먼 쪽으로 간간히 야트막한 산이 등장했다 사라지곤 한다. 산악지방에서는 논이 귀해서 닷 마지기의 논에도 고유의 들 이름이 있고, 평야지방에서는 산이 귀해서 해발 30미터도 안 되는 사소하고 흔한 구릉에도 제법 무시무시한 옛 전설이 흘렀을 것만 같은 이름이 있다. 문화와 언어가 최초에는 이 땅의 생김새에서 비롯된다는 사실, 결국 인간의 성정도 자기가 나고 자란 땅이 키워낸다는 사실을 새삼 실감한다. 25번 국도를 따라 계속 서남쪽으로 향하면 부안의 입구인 동진강 하구가 나온다.

하구 휴게소에서 잠시 정차한다. 언제 다시 떠난다는 약속도 없이 폐선 한 척이 뻘 밭에 밑둥을 박은 채 방천의 말뚝에 묶여 있다. 물이 빠져버린 간조의 시기, 몸무게의 불균형을 이기지 못한 폐선이 한쪽 어귀를 바다에 기울이고 있다. 치마를 걷어 올린 동네의 아낙들과 몇몇의 관광객들은 동진강의 속살에 발을 담그고 게와 바지락과 꼬막을 캐고 있다. 온통 진흙 빛인 진흙, 땀처럼 짠 땀방울, 노동 후의 벅찬 감동과 같은 노동 후의 벅찬 감동, 비린내 나는 삶의 현장에서는 모든 사건과

한반도에서 유일하게 지평선을 볼 수 있는 김제평야. 인간의 성정은 자기가 나고 자란 땅이 키워낸다는 사실에 실감한다.

사물들이 생각의 터널을 거치지 않고 날것 그대로 전해온다. 여인네들의 걷어 올린 치마 밑으로 드러난 허연 허벅지가 더욱 허옇다.

부안을 표시하는 이정표를 따라 국도를 빠져나와 지방도로 들어서자마자 '신석정 고택'이라는 표지판이 눈에 들어온다. 부안읍의 시작점에 '그 먼 나라'를 알려주는 표지판을 대신하여 석정의 옛집인 '청구원'이 자리잡고 있다.

적막함뿐이다. 나의 옛날식 헛기침 소리에 정적이 깨진다. 바람의 거동에 따라 사근대는 감잎만이 조용한 공기의 파문을 일으킨다. 너무나 전형적인, 그래서 그 촌스러움이 오히려 마음을 편하게 하는, 손잡이에 사자 조형을 한 초록색 철문을 열기가 바쁘게 그의 이력이 쓰여 있는 표지석이 나타난다.

청구원 마당의 흙을 밟으며 이 길의 역사를 생각해 본다. 이 흙은 그때의 그 흙이 아니지만 이 길은 그때의 그 길이다. 석정이 처음 이 길을

동진강 하구에는 폐선 한 척이 방천의 말뚝에 묶여 나지막이 먼 바다 물소리만 구슬피 듣는다. 언제 다시 떠난다는 약속도 없다.

들어올 때 다짐했던 내일에의 눈부신 희망들이 남아 있는가? 석정이 마지막으로 이 길을 떠나 전주로 이주할 때 역사는 이전투구였고, 그가 꿈꾸었던 목가적 자연은 쇠잔하였고, 가산은 탕진이었다. 하지만 우리는 기억해야 한다. 이 길이 키워낸 그의 소박한 꿈과 내일에의 희망과 그리고 한국현대문학을 빛나게 했던 그의 시정신을. 석정이 떠나고 그의 시만 남았듯이 흙은 떠나고 그때의 길만 남아 있다. 어쩌면 문화 사업이라는 이름으로 복원된 이 옛집도 형식적인 추상일 뿐이라는 생각을 해 본다. 집이 떠난 자리에 다시 솟구친 이 거대한 추상 속에서 나는 무엇을 더 추억하고 또 추모할 수 있을까?

> 동백꽃이 떨어진다
> 빗속에 동백꽃이
> 시나브로 떨어진다
>
> 水
> 平
> 線
> 너머로 꿈 많은 내 소년을 몰아가던
> 파도소리
> 파도소리 부서지는 해안에
> 동백꽃이 떨어진다.
>
> 억만년 지구와 주고받던
> 회화에도 태양은 지쳐
> 엷은 구름의 면사포面沙布를 썼는데

떠나자는 머언 뱃고동 소리와

뚝 뚝 지는 동백꽃에도

뜨거운 눈물 지우던 나의 벅찬 청춘을

귀대어 몇 번이고 소근거려도

가고오는 빛날 역사란

모두 다 우리 상처입은 옷자락을

갈가리 스쳐갈 바람결이여

생활이 주고 간 화상火傷쯤이야

아예 서럽진 않아도

치밀어오는 뜨거운 가슴도 식고

한 가닥 남은 청춘마저 떠난다면

동백꽃 지듯 소리없이 떠난다면

차라리 심장心臟도 빙하氷河되어

남은 피 한 천년 녹아

철 철 철 흘리고 싶다.

_____ 빙하氷河

　〈빙하〉는 석정이 이곳 청구원을 떠나 전주로 이주한 직후에 쓴 시이
다. 이곳 부안에서의 삶과 전주에서의 삶, 6·25전쟁 전과 후, 청춘 시
절과 청춘이 지나버린 시절의 석정의 심리적 간극은 두 시기의 대표시
인 〈어머니, 그 먼 나라를 아십니까〉와 〈빙하〉가 대변한다. 현실이 더
이상 목가적 이상으로 견디기 힘들어질 때 마음은 '빙하' 처럼 굳어 버
린다.

　〈빙하〉에 나타난 석정의 현실인식은 일반의 리얼리즘이 추구하는 시

정신에 비추어 보면 뚜렷한 차이점을 갖는다. 변혁에의 의지나 강렬한 저항정신은 찾아보기 힘들다. 부조리한 현실에 대한 인식은 부정의 차원에서 단절되고 공동체적 관심은 개인의 정신적 결단 차원으로 고립된다. 이러한 현실인식의 특성은 목가적 시 세계에 본령을 두고 있는 석정에게 있어서 그것이 불가능한 현실 조건에 대한 자기 시 세계의 보호였다고 판단된다. 당위적 현실과 실제적 현실 사이의 진폭이 무한대로 넓어진 전쟁 직후의 시기에 석정은 현실을 좀 더 자기의 시 세계와 근접시키기 위해 노력했을 것이다. 그것은 자기가 창조한 문학에 대한 최소한의 실천적 양심이다. 인생의 뒤안길로 접어든 그의 시 세계에서 〈빙하〉는 새로운 국면을 열어주는 역할을 한다. 옛집의 모든 것이 낯설다. 스산한 뒤안의 풍경만 그 옛날 같다.

청구원 현판. 그의 소박한 꿈과 내일에의 희망과 그리고 한국현대문학을 빛나게 했던 그의 시정신이 '청구원'으로 살아 있다.

　부안보통학교를 찾아보고자 길을 서두른다. 부안읍에는 지금도 양장점이 있고, 자전차포가 있다. 그것은 요즘 1970~80년대에 유행했던 노래들이 인기를 모으고 있는 것과 같은 그리움을 담고 있다. 여학교 시절에 양장점에서 교복을 맞추어 입던 그 시절이 떠오른다. 행복했던 순간이 가슴을 오롯이 조여 온다. 조금이라도 허리가 가늘어 보이도록 해야만 했다. 줄자를 대는 순간 한껏 숨을 들이 마시기만 하고 내쉬지는 못한다. 양장점 주인이 허리 사이즈 재는 것을 마칠 때까지 숨을 참아야 했다. 생각만으로 얼굴에 웃음이 번진다.

　읍내를 헤맨다. 석정이 부안보통학교를 다녔다는 한 줄의 글만을 가지고 쉽게 찾으리라고 생각했던 오만을 후회하는 순간이다. 아직까지도 읍내 곳곳에는 소방도로도 제대로 갖추지 못한 구도로들이 구불구불한 그들만의 질서를 약속하고 있다. 어쩔 수 없이 그들의 질서에 순응하며 몇 차례를 비슷한 도로를 돌아다닌다. 마침내 부안보통학교를 찾았다. 지금은 부안초등학교라는 문패를 교문의 기둥에 달고 있다. 요즘 대도시마다 번듯하게 세워져 있는 초등학교들과는 다르게 1960~70년대의 초등학교 모습 그대로다. 교문에서 바로 이어져 있는 넓은 운동장. 운동장 가장자리를 차지하고 있는 구식의 놀이 기구들. 드문드문 박혀 있는 폐타이어들. 저 폐타이어의 언저리쯤에서 고무줄 놀이를 하고 있는 유년의 나를 본다. 하늘은 푸르렀고, 이 드넓은 세계를 뛰놀기에 나의 치마폭은 너무 좁았다.

푸른 산이 흰 구름을 지니고 살 듯
내 머리 위에는 항상 푸른 하늘이 있다.

하늘을 향하고 산삼처럼 두 팔을 드러낼 수 있는 것이 얼마나 숭고한 일이냐.

석정의 고택. 마당의 흙을 밟으며 석정이 처음 이 집을 들어 올 때 다짐했던 내일에의 눈부신 희망들이 남아있을까? 생각해 본다.

두 다리는 비록 연약하지만 젊은 산맥으로 삼고
부절히 움직인다는 둥근 지구를 밟았거니……

푸른 산처럼 든든하게 지구를 디디고 사는 것은 얼마나 기쁜 일
이냐.

뼈에 저리도록 생활은 슬퍼도 좋다.
저문 들길에 서서 푸른 별을 바라보자!

푸른 별을 바라보는 것은 하늘 아래 사는 거룩한 나의 일과이어니

_____ 들길에 서서

먼 나라는 가슴에 있고

  읍내를 빠져나가기 전에 군청을 방문한다. 책에는 기록되지 않은 석
정에 관한 정보를 얻을 수 있을 것이라는 기대감을 가져본다. 남은 여
정의 길을 자세히 알고 싶어서 문화관광 부서를 방문한다. "아따 말도
말허. 석정 선생님 그분은 애국자셨지, 글깨나 쓴다고 허던 문인들 다
일본에 충성하는 글들 바쳐가며 아부헐 때, 우리 석정 그 양반은 그거
절대 안했거든, 다 출세헐러고 일본놈들헌티 아부헌거제, 일본놈들이
아무리 무섭게 군다고 배운 사람들이 친일 허고 글면 쓰간." 석정 이
야기가 나오기가 무섭게 연세 지긋한 몇몇 분들이 그의 높은 뜻을 칭

석정이 다녔던 부안보통학교의 굴뚝
과 스피커. 요즘 대도시마다 번듯하
게 세워져 있는 초등학교와는 다르
게 옛 모습 그대로다. 그래서 더욱
정겹다.

찬한다. 석정과 이 부안 땅을 공유하고 있는 그들에게 석정은 자부와 긍지가 아닐 수 없다. 아직 부안 땅에는 석정의 먼 친지들이 거주하고 있고, 곧이어 석정의 생가 주변에 문학관이 건립될 예정이라고 한다.

석정의 시비가 서 있는 변산의 해창공원으로 향한다. 핏빛 선연한 황토가 밭으로 개간된 산등성이에서 붉은 울음을 토하고 있다. 김제부터 이어지는 황토는 이곳에서 한 층 더 붉어져 있다. 이 흙은 남도로 내달려 녹두장군의 외로운 무덤을 적시고 목포를 거쳐 해남과 강진 일대를 붉게 물들인다. 숨막히는 더위 아래 문둥이 시인 한하운이 걸었던 가도 가도 붉은 황톳길, 전형적인 전라도 길이 바로 이 아스팔트 밑에서 더운 숨을 죽여 가며 누워 있는 것이다. 전라도 중에서도 특히 서해안 지방은 황해의 탁류와 육지의 황토와 지글거리는 햇빛으로 그 풍광이 삶과 죽음의 극단을 보여주는 듯하다. 이 정겹도록 서러운 풍경 앞에서 육자배기가 나오고, 미당의 화사가 나오고, 석정의 목가가 나왔던 것이다. 하서로 통하는 급하게 휘어진 오르막길의 중턱에 그의 시비가 서 있다.

갈대에 숨어드는
소슬한 바람
9월도 깊었다.
철 그른
뻐꾸기 목멘 소리
내가 잦아 타는 노을

안쓰럽도록
어진 것과
어질지 않은 것을 남겨 놓고

이대로

차마 이대로

눈 감을 수도 없거늘

살을 닮아

입을 다물어도

자꾸만 가슴이 뜨거워

오는 날은

소나무 성근 숲너머

파도 소리가

유달리 달려드는 속을

부르르 떨리는 손은

주먹으로 달래 놓고

파도 밖에 트여 올 한 줄기 빛을 본다.

___ 파도

   그 위치와 시비에 새겨진 시의 내용만으로 볼 때 대한민국 시비 중에서 최적의 조건을 갖추고 있다. 뒤로는 솔숲을 두르고 앞으로는 서해 바다의 대망을 한없이 펼쳐 보이고 있다. 이윽고 일몰의 시간이 다가와 수평선 끝에서는 붉은 노을이 타오르고 뻐꾸기 울음소리가 파도에 섞여서 전해 온다면 〈파도〉라는 작품의 현실적 재현이 완성될 것이다.

   누구의 발견과 제안으로 시비가 이곳에 세워졌는지는 모르지만 이것은 부안군청 문화관광과 지리학의 쾌거이다. 어느 시인은 대한민국 모든 명당은 초소라고 풍자하였다. 아는 적을 볼 수 있고, 적은 아를 볼 수 없는 장소가 초소의 입지조건이다.

바다와 면벽하고 있는 여기서 멀지 않은 망해사의 절벽 아래에도 초소가 있다는 것에 나는 놀라지 않을 수 없다. 초소의 입지 조건은 사실상 약육강식과 적자생존에 내몰려 있는 모든 생물체가 본능적으로 추구하는 지형이다. 이 풍자의 표층은 대한민국은 아직도 원시적인 자기보호가 필요한 전시국가라는 점이고, 그 심층은 대한민국은 많은 사람이 함께 누려야 할 전망 좋은 곳에서 자신만의 생존을 위하여 항시 피바람이 불 것 같은 긴장감으로 누군가를 감시하고 있다는 것이다. 그 전망을 여러 백성에게 널리 알리고 화해의 정신을 심어주기 위해서 대한민국 모든 명당에 초소를 걷고 시비를 세워야 한다는 것이 나의 주장이다. 그러나 안타깝게도 이 명당을 명당으로 부상시켜주는 이곳의 바다는 새만금 사업으로 머지않아 육지가 된다. 이것은 시학에 대한 부안군청 문화관광과 지리학의 기만이다.

봄의 향기에 섞여 오는 비릿한 냄새가 무엇인지 모를 아득한 그리움으로 눈을 감게 한다. 그랬을 것이다. 석정이 이처럼 그리움을 곱게 만들어주는 이 바다에 서 있다. 이윽고 지는 해가 주었던 감격을 고스란히 가지고 집으로 돌아온다. 그가 그 감격을 가지고 〈기우는 해〉라는 시를 썼던 순간을 가슴에 담고 싶다. 순간, 저절로 감기는 눈꺼풀이 파르라니 떨려온다. 이때 '먼 바다 물소리 구슬피 들려오는' 소리를 듣는다. 더불어 바람은

덕진공원 시비. 아직 연꽃의 눈망울은 터지지 않고 네 눈망울에서는 하이얀 찔레꽃 내음새가 난다.

알맞은 속도로 바다냄새를 가져다준다. 그대는 밀려오는 바다의 숨결을 들이마신다. 아! 우리가 알지 못하는 저 먼 다른 나라, 또는 먼 우주의 신비까지 동시에 몸 구석구석을 파고든다. 어느덧 세계와 우주와 나는 하나가 된다.

그대가 바다냄새에 익숙해질 즈음, 고개를 돌리면 그곳에는 항상 산이 있다. '파도 밖에 트여 올 한 줄기 빛'을 바라보던 석정의 심사는 그대로 산을 노래하곤 하였다. 그는 항시 가슴 속에 가장 아름답게 가꾸고 싶은 먼 나라가 있어서 안타깝기만 하였다. 그래서 그가 바라보는 산은 먼 나라에 돋아난 산이리라.

시비가 세워진 해창공원 앞으로는 서해바다의 대망이 한없이 펼쳐져 있다. 그러나 안타깝게도 이곳의 바다는 새만금 사업으로 머지않아 육지가 된다.

地球엔
돋아난
山이 아름다웁다.
山은 한사코
높아서 아름다웁다.
山에는
아무 죄없는 짐승과
에레나보다 어여쁜 꽃들이
모여서 살기에 더 아름다웁다.

언제나
나도 山이 되어보나 하고
麒麟같이 목을 길게 늘이고 서서
멀리 바라보는
山

山

山

──── 산 산 산

　산이 되어 보기만을 고대하던 삶을 살았던 석정이 '기린'을 닮았다는 생각을 해본다. '나도 언제 산이 되어보나' 하고 목을 늘이는 바람은 기린을 닮아가게 하고, 결국 산 속에서 살게 만들고 산의 일부가 되게 하였으리라. 문득, 어쩌면 그가 '먼 나라'에서 살고 있을 것이라는 생각을 한다. 석정이 파도 밖에 트여 올 빛을 보고 산을 바라보고, 산이 되길 기다리던 벅찬 꿈의 설계를 가지고 힘차게 산을 오르는 모습이 눈앞에 보이는 듯하다.

그 먼 나라에는 바다와 산이 있다.

　'그 먼 나라'는 멀지 않다. 변산반도를 따라 가는 길 내내 있다. 자동차와 함께 달리며 '산비탈 넌지시 타고 나려오면' 하얀 염소들이 군데군데 무리지어 '한가히 풀 뜯고' 있다. 고향이다. 잠깐씩 바다가 잊혀질 때마다 바다는 이내 '물소리'를 '구슬피 들려' 주고 있다. '그 먼 나라'는 고향이다.

　해창공원을 뒤로 남겨 두고 계속해서 30번 국도를 타고 가다보니 해수욕장이 곳곳에 펼쳐져 있다. 특히 격포해수욕장은 도 기념물로 지정되어 있는 채석강을 끼고 있어 돋보이는 곳이다. 중국 당의 이백이 배를 타고 술을 마시다가 강물에 뜬 달을 보게 된다. 이백이 그를 매혹시키는 달을 그대로 둘 리는 없었다. 달을 잡기 위해 물에 뛰어 들고 결국 죽게 되었다는 그 강의 주변 모습과 닮았다고 하여 채석강이라 이름 지어졌다고 한다. 시간이 퇴적되어 마치 수만 권의 책을 쌓아 놓은 듯한 모습에서도 그 이름이 연유되었다고 듣는다. 이처럼 석정의 먼 나라에 있는 바다는 설화도 이야기하고 있다.

4차선으로 시원하게 닦여진 신 도로에서는 바다도 산도 한 눈에 들어오질 않는다. 조금 시간이 늦어지더라도, 다소 불편하더라도 구 도로를 타기로 한다. 불멸의 이순신 드라마 촬영지가 있고, 영상 테마파크가 있고, 군데군데 카페들이 있다. 다른 도시의 관광지들과 별반 다른 모습이 없는 듯하다. 그러나 시인이 노래한 먼 나라에 있는 산에는 어느새 무리지어 살고 있는 '꽃덤불'이 보인다. 이것이 시인이 노래하는 먼 나라만이 보여줄 수 있는 모습이다. 꽃덤불로 가득한 먼 나라를 가슴에 품고 살았을 석정. 시인의 얼굴이 푸른 하늘에서 웃고 있다. 그대도 따라 웃는다. 가슴이 환해지는 것은 어찌할 수 없다. 환한 가슴으로 〈꽃덤불〉을 노래하자.

태양을 의논하는 거룩한 이야기는
항상 태양을 등진 곳에서만 비롯하였다.

달빛이 흡사 비오듯 쏟아지는 밤에도
우리는 헐어진 성터를 헤매이면서
언제 참으로 그 언제 우리 하늘에
오롯한 태양을 모시겠느냐고
가슴을 쥐어뜯으며 이야기하며 이야기하며

채석강에서 봄의 향기에
섞여오는 아득한 그리움이
눈을 감게 한다. 지는
해가 주는 감격을 고스란
히 가질 수 있다.

가슴을 쥐어뜯지 않았느냐?

그러는 동안에 영영 잃어버린 벗도 있다.
그러는 동안에 멀리 떠나버린 벗도 있다.
그러는 동안에 몸을 팔아버린 벗도 있다.
그러는 동안에 맘을 팔아버린 벗도 있다.

그러는 동안에 드디어 서른여섯 해가 지나갔다.

다시 우러러보는 이 하늘에
겨울밤 달이 아직도 차거니
오는 봄엔 분수처럼 쏟아지는 태양을 안고
그 어느 언덕 꽃덤불에 아늑히 안겨보리라.

___ 꽃덤불

　　푸른 하늘을 우러러 본다. 이 시가 쓰여 지던 시기가 1960년대이고
보니 '태양을 등진 곳'에서 은자적 생활에 자족하며 살았을 석정의 얼
굴을 본다. 난을 가꾸어도 '가슴을 쥐어뜯고' 사는 그의 삶이 어느 날엔
가는 꼭 '태양을 안고', '꽃덤불에 아득히 안겨' 볼 것이라고 다짐만 하
였을 석정이 웃고 있다. '꽃덤불에' 안기기에는 아직 시간을 필요로 하
였던 그때. 그러나 절실한 현실을 외면하고 혼자만이 도원경을 세울 수
는 없었을 것이다. 꽃덤불에 '아늑히 안길' 수 있는 먼 나라를 품고 시
간이 흐르기를 기다렸을 석정이 푸른 하늘이다. 그의 먼 나라에는 항상
산이 있다.

산이여

그 무슨 그리움에 복받쳐

지구와 더불어 탄생한 이후

푸른 하늘을 우러러보느뇨.

산이여

나 또한 진정 그리운 것 있어

발돋움하고 우러러보아도

나의 하늘은 너무 아득하고나!

___ 소곡小曲 1

'푸른 하늘을 우러러보는' 석정에게 그리움은 내일이다. 내일을 그리워하고 '그리움에 복받쳐' '발돋움' 하고…… 석정의 내일이 조국의 내일이었다고 회상하는 후손들에게도 같은 그리움이 복받치고 있으리라 생각한다.

석정이 수필집 《촛불》에서 이야기한, 2천 년이 훨씬 넘는 진시황 때에 비롯한 지록위마指鹿爲馬의 고사를 떠올린다. '사슴은 사슴이요, 말은 말이다.' 이것을 똑바로 말하는 사람에게 해가 돌아오는 때가 있었다. 그때에 살고 있었던 시인이 할 수 있었던 저항의 몸부림은 기다림이라는 너그러움이었으리라. 그러나 끝없이 기다려야만 하고, 또 기다림에 지칠 때면 석정도 모르게 산을 바라보는 습관이 생겼으리라. 이 습관은 어느덧 산과 합일의 순간을 그려보고 있었을 것이다. 그래서 그의 먼 나라에는 항상 산이 있다.

천일염과 젓갈로 유명한 곰소를 지나치는 그때에 저녁노을이 염전에 걸리면, 그대는 가슴이 사뭇 떨려오는 순간을 가질 수 있다. 그것은 낮

천일염과 젓갈로 유명한 곰소를 지나치는 그때에 저녁노을이 염전에 걸린다. 그리하면 밥 냄새 폴폴나는 그리운 그 나라, 어머니의 집으로 서둘러 돌아간다.

은 산자락에 걸터앉은 해가 하루 내내 걸쳤던 붉은 도포 자락을 벗어놓는 순간이다. 오로지 산만 붉게 물들고 염전은 또렷한 형체를 감추고 옅은 회색과 잿빛으로 수그러든다. 그렇게 저녁이 오면 밥 냄새 폴폴나는 어머니의 집으로 서둘러 돌아간다. 이렇듯 그대 유년 시절에 가슴이 떨려오면 어이할까.

30번 국도가 끝나고 23번의 국도가 이어지는 지점 가까이에서 유천도자기박물관이 세워지고 있다. 뉘엿한 저녁 햇살 아래에 철근이 우뚝하게 솟아 있는 모습을 본다. 장엄한 그림자에 엄숙해진다. 그것은 염전이 햇살 아래에서 수그러드는 모습과는 다른 것이다. 땅을 딛고 솟아올라야만 하는 문명의 모습은 어머니의 집에서 나는 밥 냄새를 풍기지 않는다. 그래서 석정의 먼 나라에는 바다와 산이 있나 보다.

| 서정주 |

하늘 끝 호올로 가신 님아

신혜원

오늘도 미당은 물 대듯
사람들의 가슴에 와서 한 그루 꽃을 키운다.
싹이 나고 잎이 크고 꽃이 만발한다.
동백꽃도 피고, 국화꽃도 피고, 연꽃도 피고, 찔레꽃도 핀다.
그리고 그 꽃잎들은 주인을 찾아 미당에게로 우수수 밀려간다.
사람들은 그 꽃잎을 따라 미당을 찾아든다.

나의 고향, 혹은 미당의 고향으로

지리한 장마가 끝나던 날 고속도로에 오른다. 하늘과 땅 사이, 대기에 가득 찼던 먼지가 씻겨 나가고 오랜만에 얼굴을 드러낸 하늘이 푸르다. 멈추지 않는 장대비에 모를 내고 속이 타들어 갔을 농민들의 마음을 헤아렸는지 긴 장마 끝에서도 벼들은 꿋꿋이 뿌리를 땅에 박고 하늘을 바라보고 있다. 어느새 들판은 초록으로 물들어 있다. 명지바람이 되어 들판을 쓰다듬고 싶어진다. 그리고 그 바람 속에서 미당을 만나 볼까 한다. 바람은 나의 고향, 혹은 미당의 고향으로 나를 인도한다. 떠나는 길, 내 배낭엔 손바닥만한 미당의 문고판 시집이 담겼다. 돌아오는 길, 등 뒤 배낭에 무엇이 담길까? 미당의 숨결? 선운사 동백꽃? 궁금증을 해소하기 위해 엑셀레이터를 밟아본다. '우~웅 우~웅' 벌써 바람소리가 난다.

유년의 미당을 찾아

줄포IC에서 국도로 나가기 위해 차선을 변경한다. 서해안 고속도로가 개통되면서 마을 주변의 길이 넓혀졌다. 그 이전까지만 해도 2차선이 도로의 전부였다. 그럼에도 불구하고 줄포는 인근 마을 중에서 5일장이 서고 버스가 가장 많은 곳으로 다른 마을 사람들에게는 늘 부러움의 대상이 되는 면소재지였다. 미당이 맨 처음 왜의 냄새 그러니까 문명의 냄새를 맡았던 곳이 바로 이곳 줄포였다고 하니 당시 이곳은 꽤나 큰 읍내였다. 그러나 세월 앞에는 장사 없다던가. 지금 이 마을은 여기저기 빈 곳 투성이다. 주인 잃고 시름에 젖은 빈집들이 저 혼자 늙어간다. 아이들이 풀방구리에 쥐 드나들 듯 드나들던 구멍가게나 만화 가게, 오방떡 가게들은 온데간데없이 사라졌다. 가게뿐 아니라 사람들도 사라졌다. 농약이며, 비료며, 센베이를 비닐봉투 가득 손에 든 할머니들도 차부간에 없다. 차부간 근처 여기저기, 한낮에도 젓가락 장단 소리가 들리던 막걸리집에도 노랫소리가 없다. 맥수지탄의 심정이 이러할까?

퇴락한 마을을 가로질러 미당의 모교인 줄포초등학교에 도착한다. 태양은 어제 밤까지도 무섭게 퍼붓던 비의 자취를 닦아내고 있었지만 시골 학교 운동장엔 아직 드문드문 빗물이 고여 있다. 지금은 한 해에 10명이 채 안 되는 아이들이 졸업을 하는 작은 시골마을 학교로 전락했

어릴 적 미당도 이 그네를 탔다. 아니 정확히 말하면 그네를 밀었다. 때로는 남숙이의 그네를, 때로는 순실이의 그네를 밀며 함박웃음을 지었으리라.

다. 그 옛날 이 학교는 한 반 학생들이 70여 명이 넘는 큰 학교였다. 지금은 2층짜리 콘크리트 건물로 개조되었으나 미당이 다닐 당시에는 단층짜리 나무 건물이었다. 이 마을에서 나고 자란 내 기억 저 너머로 어렴풋이 목조 건물이 선하다. 워낙 낡아 교사로 쓰지는 않고, 갈탄이나 목탄을 쌓아두는 창고로 사용했었다. 아마 그 교실에 앉아 미당은 요시무라 아야꼬 선생에게 잘 보이기 위해 목소리를 가다듬어 책을 읽고 시를 썼을 것이다.

이 학교에서 뛰놀았던 모든 사람들의 동심 한 켠에는 느티나무가 있다. 예나 지금이나 변함없이 그 느티나무가 운동장 구석을 지키고 있다. 이제는 영원의 찰나성마저 느껴지는 나무 아래 30년 전부터 아니 그 이전부터

늘 책을 보고 있는 '모자 쓴 여인상'은 고개도 한 번 쳐들지 않고 아직도 독서삼매경에 빠져 있다. 그 옆으로 그네가 매달려 있다. 어릴 적 미당도 이 그네를 탔다. 아니 정확히 말하면 그네를 밀었다. 때로는 남숙이의 그네를, 때로는 순실이의 그네를 밀며 함박웃음을 지었으리라.

그 옛날부터 이곳은 미당이 다닌 모교로 알려져 있지만, 교내에는 미당에 관한 시비나 안내판이 없다. 무엇이든 기념하고, 흔적을 남겨놓는 요즘에 비해 여기저기 한가로이 거닐며 미당을 추억하게 만든다.

눈이 부시게 푸르른 날에

다시 차를 돌려 미당의 고향인 고창으로 향한다. 국도를 타고 흥덕을 지나 고창으로 달린다. 모닥모닥 솟은 봉우리들이 이어지더니 바다 앞에 고창을 떨구어 놓았다. 고창이라는 표지판이 보이기 시작하면서 하늘 밑으로 모두 붉다. 어찌된 연유일까? 한생 고달프게 살아가던 고창 사람들이 죽어 이 땅에 묻혔으리라. 한이 땅에 서려 붉어졌으리라. 그리고 그 땅에서 흙을 머금고 자라난 것들도 붉다. 복분자, 고추, 오디, 동백 모두 선연한 핏빛이다. 미당도 이 핏빛 땅에 발을 딛고 자랐을 테지.

어느새 교통표지판 여기저기에서 서정주라는 이름이 보인다. 표지판을 따라 달리다 보니 시골 마을 한가운데 콘크리트로 된 건물이 눈에 띈다. 서정주 문학관이다. 콘크리트로 만든 입구를 담쟁이 넝쿨이 감싸고 있어 마치 남몰래 비밀의 화원에 들어서는 기분마저 든다. 미당문학관은 선운초등학교 분교 건물을 개조해 만들었다. 학교 3동의 교사 건한 여름의 뜨거움을 머금은 소요산의 품안에 미당 문학관이 안겨 있다. 담쟁이덩굴에 쌓인 문 앞에서 비밀의 화원에 들어가듯 살며시 뒤꿈치를 들고 걸어본다.

물 사이에 콘크리트로 6층짜리 첨탑 건물을 세워 놓았다. 질마재 자락에 안긴 아담한 분교 건물 사이, 사각의 회색 콘크리트 탑이 이색적이다. 자연과 모던함이 조화를 이룬다. 그런데 어딘지 모르게 쓸쓸하다. 문학관이 미당을 닮았다. 역사적 논란에 휘말려 수심의 그림자를 드리운 미당의 인생여정 같다. 미당의 인생 안을 들여다본다. 미당의 친필시, 미당이 쓰던 가구와 피아노, 타자기 등 미당의 숨결이 고스란히 배인 유품 속에서 미당과 인사를 한다.

콘크리트 건물에 들어서자 바닥에 전망대라고 쓰인 글씨가 붙어있다. 대리석 계단을 오른다. 계단을 타고 벽면에 오를 때마다 세계 명산의 사진과 이름, 높이가 쓰여 있다. 미당이 3년 만에 모두 외웠다던 세계 명산의 이름들이다. 치매를 예방하기 위해 외우기 시작했는데, 아침마다 40분씩 불경을 외우듯 외우고 나면 무엇이든 할 수 있다는 자신감이 들었다고 한다.

한 층을 더 올랐다. 먼지 쌓인 미당의 석고상이 방문객을 맞는다. 아

계단 한가운데 미당이 생전에 자주 지었을 법한 인자한 미소의 얼굴로 내려다 본다.

직은 낯선 듯 미당의 표정이 설면하다. 그 옆방으로 미당이 20대부터 즐겼다던 멋쟁이 지팡이와 그가 썼던 안석과 보료, 책상이 주인을 잃고 혼곤한 꿈에 빠져 있다. 계단 하나에 시 한 편, 계단 하나에 미당의 인생을 만난다. 이제 좀 익숙해진 것일까? 계단 한가운데 미당이 생전에 자주 지었을 법한 인자한 미소의 얼굴로 내려다본다.

층을 오르며 미당의 삶에 동화되는 순간, 전망대에서 창문처럼 뻥 뚫린 벽을 마주하게 된다. 모진 풍파에 구멍 난 미당의 가슴이다. 그 구멍 안에 미당에 생가가 담겼다. 세월의 역경 속에서도 살아갈 힘을 주었던 것, 고향이고 유년이다. 미당의 고향을 향한 그 곡진한 마음을 건축가도 알고 있었을까? 아니면 너무 초라한 미당의 생가를 그냥 지나칠까 우려한 건축가의 작은 배려였을까?

6층 전망대에 서면 사방이 화폭이다. 정면에선 바다가 보이고, 뒤로는 질마재가 한눈에 담긴다. 미당도 저 바다를 보고 저 질마재를 넘으며 자랐으리라. 따가운 햇살 아래 미당의 유년과 숨쉬고 있으려니 낯익은 가사가 귀를 끌어당긴다. '눈이 부시게 푸르른 날은…… 그리운 사람을 그리워하자' 송창식의 노래이다. 미당의 시에 송창식이 곡을 붙였다. 가수 송창식이 이 노래를 녹음하기 전에 통기타를 덩그러니 메고 나타나 미당 앞에서 다짜고짜 이 노래를 부르고 허락을 구했다고 한다.

눈이 부시게 푸르른 날은
그리운 사람을 그리워하자

저기 저기 저, 가을 꽃 자리
초록이 지쳐 단풍 드는데

눈이 나리면 어이하리야
봄이 또 오면 어이하리야

내가 죽고서 네가 산다면!
네가 죽고서 내가 산다면?

눈이 부시게 푸르른 날은
그리운 사람을 그리워하자

___ 푸르른 날에

모진 풍파에 구멍난 미당의 가슴이
다. 그 구멍 안에 미당의 생가가 담
겼다. 세월의 역경 속에서도 살아갈
힘을 주었던 것, 고향이고 유년이다.

전망대에서 먼 곳을 바라보며 이 노래를 듣
고 있자니 어쩐지 마음 한 구석에 바람이 분
다. 오늘처럼 눈이 부시게 푸르른 날에 그리운
이는 어디에 있을까. 가을 꽃 자리에 초록이
지쳐 단풍이 들고 눈이 오고 봄이 온들, 그리
운 이가 없다면 만물의 변화 혹은 나의 존재도
아무 의미가 없는데…… '네게도 이리 사무치
게 그리운 이가 있느냐.' 미당이 묻는다. '저
기 저기 저' 손에 닿을 듯 멀지 않은 곳에 그
리운 이가 다가와 줄 것 같다. 눈이 부시다.

스물세 해 동안 나를 키운 건 팔할八割이 바람이다

　다시 미당의 생가를 찾았을 때는 한여름이었다. 문학관 옆으로 '미당 서정주 생가'라는 작은 안내판이 보인다. 아직 봉우리도 채 맺지 않은 드문드문한 국화꽃길을 따른다. 보라색 도라지꽃 옆으로 윤기 나는 흑염소가 노닐고 그 앞에 화강석으로 만든 아담한 미당교가 있다. 바로 그 앞에 아무런 표식 하나 없이 새로 고친 초가집이 덩그러니 앉아 있다. 이곳이 미당의 생가일까? 하는 물음이 들 때 집 안쪽으로 빛에 닳은 안내판이 보인다. 스테인레스에 글씨를 새기고 페인트를 채워 넣었는데 바래서 희미한 글씨의 흔적이 물음에 답해준다. 미당의 생가다.

　마당 한 켠엔 미당을 상징하는 국화가 가을을 기다리며 줄을 서있고, 초가집 두 채가 우물을 사이에 두고 서로 마주보고 있다. 우물가 옆으로 장독대가 감나무 그늘에서 쉬고 있다. 타는 햇볕에 감나무 가지도 우물을 향해 팔을 뻗는다. 미당은 이곳에서 태어나 9세까지 살았다. 오늘 같은 여름 낮이면 마루에 누워 등걸잠을 자고, 이끼 낀 두레박으로 우물물을 퍼올려 갈증을 달랬으리라.

　그러나 지금 이곳에서 미당의 내음새는 어디에서도 맡을 수 없다. 기둥부터 아니 터부터 새로 닦아 지금은 너무나도 말끔한 모습을 하고 있기 때문이다. 거무튀튀한 이엉을 얹은 미당의 살갗 같은 초가집을 상상했던 방문객들에게 미당의 생가는 단단하게 엮어 올린 노오란 새 이엉으로 화답한다. 이전의 생가가 너무도 낡아 복구를 하지 않으면 집이 무너질 정도였다고 한다. 시간이 지나면 쇠락해가는 것이 자연의 섭리이니 미당의 생가도 시간의 흐름을 이겨내지 못함이 당연하겠지…… 서운함을 스스로 달래본다.

정면에선 바다가 보이고, 뒤로는 질마재가 한눈에 담긴다. 미당도 저 바다를 보고 저 질마재를 넘으며 자랐으리라.

초가집 안방 창호지에 구멍이 뚫려 있다. 누군가 미당의 유년을 몰래 훔쳐보고파 손가락에 침을 발라 창호지를 찢었을 것이다. 차마 창호지에 구멍을 뚫을 용기는 없고 뚫려있는 구멍 사이에 한쪽 눈을 가져다 대본다. 남의 신혼방 훔쳐보다 걸린 이 마냥 깜짝 놀란다. 어두운 방안 미당이 나를 쳐다본다. 미당의 청동 흉상이 창호지의 구멍을 통해 바깥 풍경을 보고 있었을까? 미당과 눈이 마주친 나는 심장이 쿵하고 떨어졌다 올라온다.

미당은 1915년 이곳에서 김성수 일가의 마름인 아버지 서광한의 장남으로 태어난다. 9세가 되던 해에 미당은 아버지를 따라 줄포로 이사해 줄포공립보통학교를 졸업한다. 이후 중앙고등보통학교와 고창고등보통학교를 중퇴하고, 19세에 박한영 선생의 문하생으로 들어가 중앙불교전문강원에 입학한다. 22세에 동아일보 신춘문예에 〈벽〉이 당선되면서 시인의 길로 접어든다. 이후 24세에 아버지가 정해준 부인 방옥숙과 혼인하여 1940년 장남 승해를 얻는다. 그리고 17년 후 차남 윤을 얻기 전까지 광복과 전쟁, 취직과 사직을 반복하는 혼란의 삶을 산다. 이후 점차 안정이 되어 대학에서 강의를 하기 시작하고 떠도는 방황의 삶도 정착의 터를 닦는다. 이런 미당의 인생 역경은 그가 23세에 쓴 〈자화상〉에 고스란히 담겨 있다. 훗날 미당은 이 시처럼 평생을 살았다는 평을 받는다. 혹 미당은 유년 시절 마당의 우물에서 이미 자신의 미래를 보았던 것이었을까?

애비는 종이었다. 밤이 깊어도 오지 않았다.
파뿌리같이 늙은 할머니와 대추꽃이 한 주 서 있을 뿐이었다.
어매는 달을 두고 풋살구가 꼭 하나만 먹고 싶다 하였으나……
흙으로 바람벽한 호롱불 밑에
손톱이 까만 에미의 아들
갑오년甲午年이라든가 바다에 나가서는 돌아오지 않는다 하는
외할아버지의 숱 많은 머리털과 그 커다란 눈이 나는 닮았다 한다.

스물세 해 동안 나를 키운 건 팔할八割이 바람이다.
세상은 가도가도 부끄럽기만 하드라.
어떤 이는 내 눈에서 죄인罪人을 읽고 가고
어떤 이는 내 입에서 천치天痴를 읽고 가나
나는 아무것도 뉘우치진 않을란다.

찬란히 티워 오는 어느 아침에도
이마 위에 얹힌 시詩의 이슬에는
몇 방울의 피가 언제나 섞여 있어
별이거나 그늘이거나 혓바닥 늘어뜨린
병든 수캐마냥 헐떡거리며 나는 왔다.

_____ 자화상

미당은 자화상을 통해 실오라기 하나 걸치지 않은 맨몸으로 사람들 앞에 섰다. 그 누구도 자신의 뿌리가 종속된 삶을 살았음을, 종이었음을 솔직히 고백하기 힘들다. 종에게는 자유가 없다. 의무와 복종만이 존재할 뿐이다. 그것이 무엇이든 자신의 마음대로, 의지대로 할 수 없다. 주인의 명령대로 움직여야 한다. 주인이 하라면 하고, 주인이 하지 말라면 하지 말아야 하는 게 종이다. 그런 '종의 아들'의 설움은 말해 무엇 하랴. 종인 아버지는 밤이 깊어도 오지 않았고, 결국 스물세 해 동안 미당을 키운 건 바람이었다. 바람은 그 시작이 어디이고 끝이 어디인지 알 수 없다. 목적지도 방향도 없이 그저 멈추지 않고 가기만 한다. 유랑의 운명을 타고난 바람에게 정지라는 단어는 없다. 바람에게 정지 혹은 정착은 소멸과 죽음을 의미한다. 그것이 바람의 운명이자 미당의 운명이었다. 끝없는 파장을 일으키며 나아가는 바람에서 시인의 삶을 찾는다. 그래서 종종 사람들은 미당을 디오니소스라 칭한다. 광기 때문에 떠돌며 문명을 전하는 디오니소스와 바람 때문에 떠돌며 시를 쓰는 미당, 어쩌면 미당의 전생은 디오니소스였을지 모른다.

바람은 그를 이리저리 끌고 다닌다. 해인사로, 제주도로 돌아다니는 동안 어떤 이는 그에게서 죄인을 읽고 가기도 하고, 어떤 이는 천치를 읽고 간다. 우리는 미당에게서 '우리나라 최고의 시인'을 읽기도 하고, '친일파'를 읽기도 한다. 그러나 미당은 당시 자신의 친일 행적에 대해 종천순일파終天順日派라고 자칭했다. 하늘이 겨레에 주는 팔자를 어떻게 해서라도 익히며 살아가려 했던 것이라고 말한다. 처자를 거느

한낮에도 어두운 방안, 미당은 혼자 무얼하고 있던 것일까? 8월 눈부시게 부서지는 햇살에 미당도 방문을 열어 젖혔다.

리고 살아가는 가장으로서 피할 수 없는 선택이었음을 이야기한다.

그러나 그것은 호소나 변명의 어조가 아니다. 나지막한 목소리로 '그때는 그랬다'라고 회고한다. 친일과 독재 정권의 찬양, 민족과 반민족 등 논란 여부를 떠나 미당은 자신의 입으로 친일을 고백하고, 자신의 시에 대한 평가가 눈앞에서 헤쳐지고 새로 쓰이는 것을 담담히 지켜본 시인이었다.

그대 길이 잠들고 나 홀로 깨여

문학관에서 보면 바다를 배경으로 삼은 언덕이 하나 보인다. 언덕 여기저기에 이곳 조상들의 무덤이 있다. 그 중 언덕 가장 높은 곳에 미당의 묘가 있다. 그 어느 곳에도 미당의 묘를 알려주는 표지판은 없다. 언덕 어딘가에 미당이 잠들어있다는 마을 사람들의 이야기를 믿고 언덕을 오른다. 올라가는 길은 작은 국화 묘목이 언덕 하나를 모두 메우고 있다. 잣다란 국화 봉우리들에서 미당의 묘가 멀지 않음을 느낀다.

미당의 대표 시이자 국민 애송시인 〈국화옆에서〉를 기리기 위해 5만 평이나 되는 부지에 국화를 심었다고 한다. 오는 가을엔 미당이 누운 발끝에 국화향이 물씬 풍기겠다. 국화밭 위로 4개의 무덤이 보인다. 미당이 바람같은 떠돌이 생활을 마치고 영원히 귀향하고 있는 안식처다. 부모님의 묘와 아래 부인 방옥숙 여사의 묘, 그리고 미당이 부인을 추모하며 세운 시비 옆으로 미당의 묘가 가지런히 놓여있다. 미당은 이곳에 앉아 문학관과 생가에 들리는 이들을 바라보며 하나하나 눈인사를 보내고, 질마재를 넘어가는 이들의 무거운 등을 바닷바람으로 살며시 밀어주고 있으리라. 그 옆에서 아내 방옥숙 여사는 따스한 눈길로 미당을 바라보고 있을게다.

　미당 생전에 특별히 세상에 알려진 여난은 없었으나 따르는 여자들이 많아 미당의 아내 방옥숙 여사는 마음 편할 날이 없었다. 실제 미당은 회고 시집에서도 여자들의 유혹을 뿌리치지 못했다고 말하고 있다. 시 〈내 아내〉에서도 아내가 자신이 바람나지 말라고 떠놓은 정안수의 사발이 삼천 사발이라고 표현하고 있다. 평생을 마음 조리며 살게 한 아내에 대한 미안함에 미당은 아내의 묘 앞에 시비를 세웠다. 시비에는 〈무등을 보며〉의 일부가 새겨 있다.

　　　　청산이 그 무릎 아래 지란을 기르듯
　　　　우리는 우리 새끼들을 기를 수밖에 없다.

　　　　목숨이 가다가다 농울쳐 휘어드는
　　　　오후의 때가 오거든,
　　　　내외들이여 그대들도
　　　　더러는 앉고
　　　　더러는 차라리 그 곁에 누워라.

　　　　지어미는 지애비를 물끄러미 우러러보고
　　　　지애비는 지어미의 이마라도 짚어라.

　　　　　　　　　　　　　　 ___ 무등을 보며 _ 중에서

인간은 자연으로부터 생의 이치를 배운다. 자연이 인간을 품어 안은 넉넉함은 고스란히 대물림된다. 청산이 푸른 심성으로 지란을 기르듯, 미당은 아내와 함께 아이들을 길러냈다. 아이들을 기르다 지치고 힘든 어느 오후의 때가 오면 미당은 아내와 서로의 지친 어깨를 기대고 쉬었을 것이다. 여느 부부처럼 의지하며 아이들을 길러내고 함께 살아간다. 건강한 생의 의지가 훈훈하다. 훈시하는 듯한 어조에서 긴 방황 끝에 달관한 미당의 깨달음이 묻어난다.

미당은 아내를 사랑했다. 아니 그리워했다. 아내의 꽃상여가 산 넘어간 다음 미당의 눈동자 속에 빈 하늘만 남았다. 새벽닭이 올 때마다 보고 싶었다. 결국 미당은 아내를 그리워하며 두 달 동안 곡기를 끊은 채맥주로 연명하다 '머언 산 그리메를 홑이불처럼 말아 덮고' 2000년 12월 24일, 86세의 나이로 현생을 마감했다. 한 세기가 저물어가던 날, 미당은 홀연히 세상을 등지고 한 마리 새가 되어 동천으로 날아갔다.

눈물 아롱아롱
피리 불고 가신 임의 밟으신 길은
진달래 꽃비 오는 서역西域 삼만리
흰 옷깃 여며여며 가옵신 임의
다시 오진 못하는 파촉巴蜀 삼만리

신이나 삼아줄 걸, 슬픈 사연의
올올이 아로새긴 육날 메투리.
은장도 푸른 날로 이냥 베어서
부질없는 이 머리털 엮어 드릴 걸.

초롱에 불빛 지친 밤하늘

구비구비 은핫물 목이 젖은 새.
차마 아니 솟는 가락 눈이 감겨서
제 피에 취한 새가 귀촉도 운다.
그대 하늘 끝 호올로 가신 임아

_____ 귀촉도

    아내를 떠나보낸 미당의 마음이 이러했고, 미당을 떠나보낸 사람들의 마음도 이러했다. 사별은 세상 만물 그 모든 것들에 가장 큰 슬픔을 준다. 그 지극한 아픔은 어느새 한이 된다. 한 맺힌 이는 이럴 수도 없고 저럴 수도 없다. 다시 오지 못할 임을 따를 수도 없고, 임을 떠나보내고는 살 수도 없다. 떠난 임에 대한 원망과 생전에 못다 한 자책이 맞부딪힌다.

    흰옷 여며 입고 임이 떠난 곳은 살아서는 절대 갈 수 없는 서역 삼만리이다. 한 번 가면 다시는 돌아올 수 없는 곳이기도 하다. 그러나 나는 임을 따를 수도 없다. 임이 없으면 머리카락도 아무 소용이 없다. 생전

미당은 이곳에 앉아 문학관과 생가에 들르는 이들을 바라보며 하나하나 눈인사를 보내고, 질마재를 넘어가는 이들의 무거운 등을 바닷바람으로 살며시 밀어주고 있다.

에 못다 준 사랑은 회한으로 돌아온다. 이 한 서린 슬픔과 그리움을 새도 알고 슬피 운다. 미당은 참지 않고 눈물을 쏟아낸다. 하늘 끝 호올로 가신 임을 부르며 소리 내어 운다. 어찌 참기만 할 수 있으랴. 심장을 조여 오는 고통은 토해내야 한다. 그래야 가슴에 피가 맺히지 않는다.

육자배기 가락에 붉게 물든 동백꽃

고창 여행의 1번지 선운사에 들른다. 이곳은 십수년 전까지만 해도 호젓한 사찰이었다. 그러나 유홍준의 《나의 문화유산답사기》가 베스트셀러가 되면서 지금은 절 앞이 시골 5일장을 방불케 하는 관광지가 되어버렸다. 여름이라 그나마 한가하리라 했던 생각은 착각이라는 단어에 안착했다. 절 입구로 향하는 길목에는 노점상이 즐비하다. 복분자주, 은행, 마, 취, 산나물, 땅콩, 푸새 등 고창 땅에서 나는 모든 생명들

벚나무와 단풍나무가 손을 맞잡은 진입로를 따라 왼쪽으로 개울이 흐른다. 개울을 따라 곧게 뻗은 길을 걷다 보면 선운사가 모습을 드러낸다.

이 고스란히 놓여 있다. 벚나무와 단풍나무가 손을 맞잡은 진입로를 따라 왼쪽으로 개울이 흐른다. 아이 어른 할 것 없이 여름을 핑계 삼아 동심에 빠져든다. 피서객들 사이에 간혹 업으로 미꾸라지를 잡는 할머니도 보인다. 이런 사람들의 번잡함에는 아랑곳하지 않고 미당의 시비는 눈이 오나 비가 오나 태

연히 그 자리에 서있다. 선운사 절 입구 잔디광장 옆에 미당의 시비가 있다. 열반한 석가모니의 사리가 시방세계에 퍼져 사리탑을 세우듯 미당의 시비도 곳곳에 세워졌다. 아마 그 중에 가장 유명하면서도 사람들의 눈에 가장 띄지 않는 시비가 바로 선운사 앞에 세워진 〈선운사 동구〉 시비가 아닐까 한다. 이 시비는 진입로 뒤쪽 공사장에서 쳐놓은 철판 때문에 사람들의 시선을 전혀 받지 못한 채 야위어 가고 있다.

이 시비에는 미당이 아버지가 돌아가신 날 선운사에 들렀던 일화를 담은 시 〈선운사 동구〉가 새겨져 있다. 미당은 아버지 서광한을 질마재 마을 선산에 묻고 돌아오는 길에 주체할 수 없는 마음의 짐 때문에 바로 집으로 가지 못하고 선운사에 들른다. 붉은 동백꽃을 보면서 위안을 얻고 싶었다. 그러나 너무 일러 아직 동백은 피지 않았다. 맨 정신으로 돌아가기엔 어깨가 너무 무거웠다. 미당은 선운사를 나와 풍천 삼거리 막걸리집에 들어섰다. 손님도 없는 막걸리집에서 주인 여자와 술을 주고받다 육자배기 가락을 들려 달라고 떼를 써보았을 터, 못 이기는 척 불러주는 막걸리집 여자의 구성진 가락에는 한이 풀려 나왔으리라.

시비가 있던 자리는 그 옛날 동백장여관이 있던 자리였다. 미당은 고창에 오면 늘 동백장여관에 묵었다. 이 집 안주인과 사제지간의 연으로 늘 201호는 미당의 방으로 정해 놓고 손님을 받지 않았다고 한다. 지금은 절 진입로 밖으로 이사해 동백호텔로 바뀌었다.

> 선운사 골째기로
> 선운사 동백꽃을 보러 갔더니
> 동백꽃은 아직 일러
> 피지 안했고
> 막걸리집 여자의

육자배기 가락에
작년 것만 상기도 남었습디다
그것도 목이 쉬어 남었습디다

___ 선운사 동구

동백은 향기가 없다. 향기 없는 꽃은 벌이나 나비를 불러들일 힘이
없다. 그래서 동백은 붉다. 세상 어느 꽃보다도 붉다. 벌과 나비를 불러
들이는 역동적인 힘이 바로 그 붉음에 있으리라. 선연한 핏빛으로 타오
르는 격정은 사람마저 끌어당긴다. 그것이 바로 동백의 힘이다.

동백은 절정이다. 다른 꽃들이 하나하나 잎을 흩날릴 제, 동백은 최
고 절정의 순간에서 한순간 툭 지상으로 낙하한다. 핏빛 잎과 노란 꽃
술의 화려한 조우가 한꺼번에 떨어져 내려 땅을 뒹군다. 이런 동백꽃의

열반한 석가모니의 사리가 시방세계
에 퍼져 사리탑을 세우듯 미당의 시
비도 곳곳에 세워졌다. 아마 그중에
가장 유명하면서도 사람들의 눈에
가장 띄지 않는 시비가 바로 선운사
앞에 세워진 '선운사 동구' 시비가 아
닐까 한다.

현세 정리는 허망하다. 허망하고도 애닲고 덧없다. 미당은 이승에서의
삶을 마감하고 저승길로 떠나는 동백에서 생의 덧없음을 느낀다. 그래
도 한때나마 열정으로 타오르던 동백의 붉음에서 위안을 얻고자 했을
것이다. 그러나 너무 일러 동백은 보지 못하고 막걸리집 아낙의 육자배
기에서 작년에 피었던 동백을 느낀다. 전라도 아낙의
흐느적거리고 끊어질 듯 늘어지고 이어지는 가락에서
한을 본 것이다. '동백이나 지대로 피거든 또 오시요
잉……이잉~ 이잉~'으로 이어지는 아낙의 육자배기
가락에서 미당은 위안을 얻는다.

한 여름, 너무 일러 못 보는 것인지 너무 늦어 못 보
는 것인지 선운사까지 와서 동백꽃을 못 보고 내려가는
마음은 미당이나 나나 매한가지다. 내려오는 길, 한 사
발에 천 원 하는 막걸리 한 잔을 들이킨다. 그때나 지금

이나 막걸리 맛은 비슷했을 터인데…… "어서오세요, 드시고 가세요." 호객하는 여자들은 있어도 육자배기 한가락 불러줄만한 여자는 어디에도 없다.

다시 만나기로 하는 이별이게

선운사에서 나와 선운사 IC로 가는 길, 조금 돌아가더라도 질마재를 넘어본다. 다시 문학관으로 간다. 문학관에서 나와 바로 오른편에 있는 길이 질마재의 시작이다. 질마재는 소를 닮아서인지 아니면 소처럼 우직한 마을 사람들의 심성을 닮았다는 뜻인지 쇠산이라 불리는 소요산 자락의 언덕이다. 당시의 질마재 부락 사람들은 마을 앞 바다에서 잡은

핏빛 잎과 노란 꽃술의 화려한 조우가 한꺼번에 떨어져 내려 땅을 뒹군다. 이런 동백꽃의 현세 정리는 허망하다. 허망하고도 애닯고 덧없다.

어패류로 생계를 꾸려나갔다. 잡은 조개나 물고기를 지고 질마재를 넘어 줄포 장터에서 곡식과 바꾸어 와야만 했다. 가난한 이는 그 보따리를 등에 지고, 또 소가 있는 집에서는 소에 길마를 얹고 그 위에 짐을 싣고 언덕을 넘었다. 짐을 등에 진다 해서 질마재가 되었다고 전하기도 하고, 소에 얹는 안장 길마에서 질마재가 되었다고 하기도 한다. 이름이야 어찌된 연유이든 질마재를 넘는 일은 되다. 고되다. 아스팔트로 포장된 지금의 길도 굽이굽이 그리 완만하지는 않다. '곧장 가자 하면 갈 수 없는 벼랑길도 굽어서 돌아가면 갈 수 있는 이치'를 질마재가 속삭인다. 어느 틈인가 미당문학관과 바다가 시야에서 나타났다 사라졌다 하더니 좁다란 길이 숲속으로 이어져 그 끝이 숨어버린다. 질마재의 풍경이 서서히 멀어지며 사위어 가고, 그 옛날 바지락을 등에 짊어지고 줄포장으로 향하던 마을 사람들을 따라 고속도로는 줄포까지 내달린다.

섭섭하게,
그러나
아주 섭섭치는 말고
좀 섭섭한 듯만 하게,

이별이게,
그러나
아주 영 이별은 말고
어디 내생에서라도
다시 만나기로 하는 이별이게,
연꽃

고창에서 돌아오는 길 등 뒤로 바닷
바람이 밀려온다. 먼 길 가벼이 가라
는 미당의 손길이 느껴진다.

만나러 가는

바람 아니라

만나고 가는 바람같이……

엊그제

만나고 가는 바람 아니라

한두 철 전

만나고 가는 바람같이

_____ 연꽃 만나고 가는 바람 같이

　세상에 이별을 해보지 않은 사람이 있을까? 이별은 누구든, 그리고
그 대상이 무엇이든 슬프다. 이별이란 말에 슬픔이 녹아들어 있다. 그
러나 미당은 '윤회'라는 두 글자를 뱃속에 아로새기고 이별을 담담히
받아들인다. 다만 섭섭하게…… 그것도 아주 섭섭지는 말고 좀 섭섭한
듯하게 받아들인다. 내세에서 다시 만날 수 있는 이별이니 너무 서러워
말자고 말한다.

　연꽃을 만나러 가는 바람에는 헤어짐이 묻어난다. 헤어짐을 전제로

만나러 가고 있는 것이다. 그러나 만나고 가는 바람에는 재회의 향기가 난다. 만나고 가면 언젠가는 온 지구를 다 돌고 온 우주를 다 돌더라도 그 언젠가는 다시 만나게 된다.

그런데 왜 그 만나고 가는 꽃이 연꽃일까? 동백도 아니고, 국화도 아니고, 연꽃일까? 연꽃은 해원의 꽃이다. 원을 풀어주는 꽃이다. 진흙탕에서 맑은 꽃을 피워내 지친 인생살이 내세의 희망으로 현생의 한을 풀어주는 꽃이다. 아비를 만나고픈 심청이의 원을 풀어준 꽃도 연꽃이다. 현생의 사무친 한을, 그 극진한 그리움을 헤아려 연꽃이 핀다. 우리는 그런 연꽃을 만나러 가는 바람이 아니라 만나고 가는 바람 같이 살라고 미당은 말한다.

시로써 영원히 사는 것이니

일평생 미당을 흔들어 놓은 바람은 무엇이었을까? 디오니소스의 저주받은 광기였을까? 시를 향한 지칠 줄 모르는 구도의 정신이었을까? 고창에서 돌아오는 길 등 뒤로 바닷바람이 밀려온다. 먼 길 가벼이 가라는 미당의 손길이 느껴진다.

사모하는 님을 쫓는 마음으로 여기까지 왔다. 미당의 고향 구석구석, 우물 안, 질마재 언덕 아래…… 그가 잠든 무덤까지 찾아다녔다. 그러나 그 어디에서도 미당은 손에 잡히지 않았다. 잡힐 듯 잡힐 듯 잡히지 않았다. 도대체 어디로 가야한단 말인가? 넋을 잃고 바다를 바라보니 미당이 거기 있다. 운명같은 바람이 되어 바다 위를 날고 있다. 미당은

질마재의 풍경이 서서히
멀어지며 사위어 가고,
그 옛날 바지락을 등에
짊어지고 줄포 장으로 향
하던 마을 사람들을 따라
고속도로는 줄포까지 내
달린다.

ⓒ인진호

바람이다. 처음부터 지금까지 늘 바람이었다. 미당이 바람이라는 사실, 바람은 아무리 쥐려 해도 스윽스윽 손가락 사이로 빠져나간다는 사실을 잊고 있었다.

미당을 찾아 떠나오던 길, 내 어깨에는 미당의 시집이 든 배낭이 메어졌다. 내심 미당의 실체나 미당의 시심을 찾아 가방 안에 꼭꼭 넣어오려 했던 모양이다. 그러나 나는 돌아오는 마당에 깨닫는다. 미당의 시집은 배낭에 넣어올 것이 아니라 가슴에 담아왔어야 했던 것을…… 등에 멘 배낭이 무색하다.

바람에게 아니 미당에게 마지막 인사를 고한다. 아무 화답이 없다. 아무래도 마지막이라는 단어가 마음에 걸리었나 보다. 미당은 생전에 시인에게 마지막이란 것은 없다고 했다. 시인은 시로써 불멸의 삶을 산다는 것이다. 그런데 미당의 시를 가슴에 품고 가는 내가 마지막이라는 단어를 입에 올렸으니 미당이 서운할 만하다. '연꽃 만나고 가는 바람같이 다시 돌아오겠습니다.' 미당이 건들바람으로 화답한다.

오늘도 미당은 물 대듯 사람들의 가슴에 와서 한 그루 꽃을 키운다. 싹이 나고 잎이 크고 꽃이 만발한다. 동백꽃도 피고, 국화꽃도 피고, 연꽃도 피고, 찔레꽃도 핀다. 그리고 그 꽃잎들은 주인을 찾아 미당에게로 우수수 밀려간다. 사람들은 그 꽃잎을 따라 미당을 찾아든다. 동백을 피워낸 이, 국화를 피워낸 이, 연꽃을 피워낸 이, 찔레꽃을 피워낸 이들의 지친 영혼을 미당은 바람이 되어 달래준다. 상처투성이 가슴을 어루만져 준다. 어떤 이는 눈물을 흘리기도 하고, 어떤 이는 설레기도 하고, 어떤 이는 평안을 얻는다. 사람들은 그렇게 미당에게서 위안을 얻는다. 그래서 사람들은 오늘 여전히 미당을 찾고 기억한다. 시인은 시로써 영원히 사는 것이니……

| 조태일 |

바람의 속도로 길을 걷다

이강하

神은 내 운명을 기억하지 않는다.
신병훈련소에서 내 조인트를 깠던 조교가
나를 기억하지 못하는 것처럼 내 운명은
내 발 밑에서 죽어간 개미들처럼, 말하자면
이 안에서 일어나는 일은 이 밖에서는
해결하지 못한다. 아무도 이 안을 못 나간다.
사랑도, 사랑의 아픔도 자살바위 경고판 앞에서
머뭇거릴 뿐, 왜 내가 그렇게 살아야 했냐고
통곡한다면 神이 웃을 것이다, 그렇다 이 안은
시시하다, 웃을 일만 남은 곳이다.

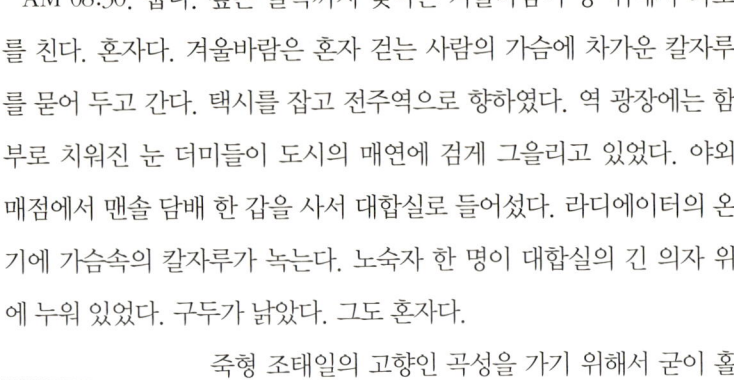

나의 길을 사랑한다

AM 08:30. 춥다. 깊은 골목까지 찾아온 겨울바람이 등 뒤에서 파도를 친다. 혼자다. 겨울바람은 혼자 걷는 사람의 가슴에 차가운 칼자루를 묻어 두고 간다. 택시를 잡고 전주역으로 향하였다. 역 광장에는 함부로 치워진 눈 더미들이 도시의 매연에 검게 그을리고 있었다. 야외 매점에서 맨솔 담배 한 갑을 사서 대합실로 들어섰다. 라디에이터의 온기에 가슴속의 칼자루가 녹는다. 노숙자 한 명이 대합실의 긴 의자 위에 누워 있었다. 구두가 낡았다. 그도 혼자다.

죽형 조태일의 고향인 곡성을 가기 위해서 굳이 홀로 떠나는 기차여행을 택하지 않아도 됐다. 곡성을 누구와 어떻게 가느냐의 방법은 열두 가지가 넘을 것이다. 기차여행은 죽형의 절창인 〈국토서시國土序詩〉에 대한 가장 실천적인 대답으로 여겨졌다. 이 국토에 복지부동의 자세로 엎드려서 새벽에서 그 다음날 새벽까지 쇳소리를 울리며 우직하게 자신의 길을 열어가는 철로는 죽형의 시정신과 그의 삶을 웅변한다.

눈을 들어 멀리 보라 – [철로는 길의 미래다.] 나는 그 미래에 바람의 속도로 도착할 것이다. 조태일이 길에 대한 성찰을 서시로 하여 국토에 대한 사랑을 보여줬다면 나는 조태일에 대한 성찰을 계기로 내 여행의 서시를 '철로' 로 선택한다. 하염없이 눈이 내린다. 곡성행 무궁화호 기차가 죽어가는 거인의 기침소리로 도착했다. 출발했다. AM 09:00.

아무리 진지하게 홀로됨을 표현해도 사진은 정답다. 사진 앞에는 그 피사체와 대화하던 카메라맨이 항상 존재한다. 우리는 그 둘의 시선의 교차점에 끼어들 뿐이다.

발바닥이 다 닳아 새 살이 돋도록 우리는
우리의 땅을 밟을 수밖에 없는 일이다.

숨결이 다 타올라 새 숨결이 열리도록 우리는
우리의 하늘 밑을 서성일 수밖에 없는 일이다.

야윈 팔다리일망정 한껏 휘저어
슬픔도 기쁨도 한껏 가슴으로 맞대며 우리는
우리의 가락 속을 거닐 수밖에 없는 일이다.

버려진 땅에 돋아난 풀잎 하나에서부터
조용히 발버둥치는 돌멩이 하나에까지
이름도 없이 빈 벌판 빈 하늘에 뿌려진
저 혼에까지 저 숨결에까지 닿도록

우리는 우리의 삶을 불지필 일이다.
우리는 우리의 숨결을 보탤 일이다.

일렁이는 피와 다 닳아진 살결과
허연 뼈까지를 통째로 보탤 일이다.

___ 국토서시

조태일은 이 시에서 걸어야 할 길에 대한 무한한 사랑과 긍정을 보여
준다. 가령, 우리가 선택할 수 없는 것들 – 천대받는 백정의 아들, 계엄
령이 난립하는 공포정치의 조국, 알코올 중독 유전자, 타고난 피부색은

시지프는 바위를 굴릴 때나 내릴 때나 항상 불행하다. 그 신화의 핵심은 반복의 강압이다. 시지프가 힘든 것은 바위의 무게가 아니라 시간의 무게이다. 바위를 올리고 내리는 사이클이 영겁회귀된다는 것, 지금 여기에 똑같은 형태로 다시 돌아온다는 것이 공포의 근원이다. 그런 의미에서 현대인들의 반복적인 일상은 공포의 연속이다. 철로는 반복을 탈출하는 직선적인 길의 이미지를 입체화해 놓은 것이다. 무식하게 앞으로만 나가는 철로는 길의 가장 적극적인 자기표현이다.

이민을 가고 출세를 해도 절대 변경되지 않는다. 그 길은 걸어야 할 길이 아니라 걸을 수밖에 없는 길인 것이다. 문제는 그 숙명을 짐 지고 길을 걷는 우리의 자세이다. '지금, 여기' 발 딛고 서 있는 버려진 땅, 그 땅 위에 피어나는 풀잎 하나까지를 긍정하고 사랑할 때 길은, 탐조등 아래의 철로처럼 빛난다.

전라선은 익산을 기점으로 전라도를 동남쪽으로 횡단하여 막바지로 여수에 다다른다. 북도와 남도의 경계이자 전라선 양 극점의 중앙이며, 지리산의 치마폭이 막 내려앉아 섬진강을 발원시키는 곳에 죽형의 고향인 곡성이 있다. 아주 운이 좋다면 창밖을 통해서 죽형의 발가락을 간질이던 물고기와 그가 사냥했던 멧돼지를 볼 수도 있을 것이다.

열차의 주요 행로인 지리산 일원은 해방 직후 한국 현대사의 가장 격정적인 현장이었다. 《태백산맥》이나 《혼불》을 읽은 독자나, 김지하나 고정희의 팬들은 간이역들의 이정표들이 생소하지 않을 것이다. 죽형

조태일 역시 지리산과 섬진강에 대한 유년의 기억을 중요한 문학적 자산으로 삼고 있다. 그의 시에 등장하는 죽창, 칼부림, 피난과 같은 피의 체험들은 모두 이곳을 배경으로 한다.

전라선은 곡성에 가기 전에 내가 태어나 자랐고 지금도 부모님이 흙에 발을 담고 계시는 고향 마을을 거친다. 지금처럼 전라선을 타고 내 유년의 역사를 내가 이방인이 되어 목도할 때면 나는 매급시 뛰어내려야 한다는 절박감과 그러지 못한 죄의식에 빠진다. 그리고 마을회관 마이크를 잡고 이렇게 알리고 싶은 것이다. '고향 마을 주민 여러분, 저는 이 시간 이곳으로 다시 돌아올 수 없습니다. 생은 한 번뿐입니다. 오늘밤 부녀회의는 취소되었습니다.'

유년으로의 귀환

몇 개의 터널을 통과하고 몇 차례 빛이 쏟아지고 고래의 부드러운 지느러미가 미간을 쓸고 지나갔다. 몽환의 세계에서 발원한 소리가 망각의 강을 건너 무궁화호 17번 칸에 메아리친다. "이번 역은 곡성역입니다." 잠에서 퍼뜩 깨어났다. 플랫홈에 내려서자 으레 있어야 할 방음벽과 방풍림이 없이 사방이 시원스레 트여 있었다. 은하철도에서 하차한 기분이었다. 역사의 반대편은 깎아지른 절벽이었고, 그 아래에 겨울 벌판이 펼쳐져 있었다. 외로웠다. [모든 사물은 '외로움'을 수식할 수 있다. 개 같은 외로움, 궁서체 같은 외로움, 대통령 같은 외로움, 예수, 석가, 공자, 칸트 같은 외로움, 한반도 같은, 지구 같은, 명왕성 같은 외로움. 내가 명왕성을 인식할 때 명왕성은 넓고 포근한 우주에서 홀로 뜬겨져 나와야 한다. 문득 자기 자신을 인식할 때도 가족에게서, 전화번호부의 동명이인 리스트에서, 여신의 배꼽에서 자기 자신을 뜯어내야만 한다. 외로움은 사물의 운명이기보다는 사물을 홀로 서게 하는 인식의 운명이다. 낚시바늘에 어떤 물고기가 걸리느냐가 중요한 것이 아니라 낚시바늘 자체가 문제시되는 것이다. 인식하지 않고는 어떤 사물도 구별할 수 없기 때문에 외로움의 반대말은 없다. 그래서 나는 외로울 때마다 이렇게 되뇌인다.] 나는 안 외롭다.

역전의 택시기사에게 조태일 문학관이 위치하고 있는 태안사로 가는 교통편을 문의하였다. 와이셔츠 유니폼 주머니에 '대통운수' 가 궁서체로 오버로크되어 있었다. 태안사 초입까지 가는 버스는 1시간에 한 번 꼴로 있었고, 대략 40분 정도 소요된다는 친절한 설명이다. 그러나 택시기사가 강력하게 추천하는 교통편은 택시였다. 내가 버스를 택할 기미를 보이자 기사의 얼굴이 전보다 50배는 더 굳어졌다.

철로, 도로, 수로의 서로 다른 높이는 가치의 위계질서가 아니라 소음의 위계질서이다.

버스를 타고 태안사로 향하였다. 도로의 오른쪽에는 전라선의 철로가, 왼쪽에는 보성강이 서로 다른 높이에서 각자의 속도로 평행선을 이루며 달리고 있었다. 네다섯 번 간이 정류장을 지나자 나를 제외한 모든 승객들이 내려 버렸다. 하루키라면 이런 상황에 리시버를 꽂고 하이네켄을 왼손에 들고 오디오 마니아들을 위한 최신 잡지를 읽으면서 친구 여자친구의 기묘한 귓볼에 대해 생각하고 있을 것이다. 내가 느낀 하루키 소설의 주인공들의 특징은 여러 가지 일을 동시에 한다는 것이다. 별안간 기사 아저씨는 오디오 볼륨을 높이고 담배를 피우기 시작했다. 기사 아저씨는 촌놈 이상으로 보이지 않는 나에게 동질성을 테스트하고 있는 것이다. 나는 태어나서 처음으로 버스 안에서 뽕짝을 들으며 담배를 피웠다. 기묘한 느낌은 전혀 들지 않았다. 여기는 신주쿠가 아닌 곡성인 것이다.

눈 내린 보성강은 절경이었다. 멧돼지 떼가 눈보라를 일으키며 폭주할 것만 같은 싱싱한 봉두산이 강 뒤로 펼쳐져 있었다. 근경의 보성강에서 시작하여 살얼음을 뚫고 솟구친 갈대들, 그 사이에서 다시 솟구치는 청둥오리, 추수가 끝난 들녘, 원경의 사람들이 사는 마을에 이르자 눈시울이 붉어졌다. 사람 사는 마을에만 유독 겨울 햇살이 은빛 가루를 뿌리고 있었다.

사사롭고 시시한 것들은 온통 우리들 마을에 있다. 죽형은 그 생활의 밑바닥에서 사랑을 발견하고 그 가치를 지키기 위해서 노래한다. 가령 민주주의 만세를 외칠 때도 죽형은 사사로운 들꽃과 돌멩이에서 정신적인 투쟁의 무기를 구한다. 그래서 언뜻 보면 그의 시는 '쉽게 쓰여진 시' 같다. 은유나 상징의 소재가 생활의 흔한 편린들이고 관념어나 추상적인 표현이 드물다. 하여 그가 제시하는 소재들은 홀로 나타나는 법이 없이 항상 역사적인 현장을 동반한다.

찬바람 속에서도 광주는

큰 애를 뱄다더라

찬 눈에 덮여서도 무등산은 그렇게 만삭이더라

___ 겨울 소식 _ 중에서

산자락 아래

순하게 순하게 엎드린 마을의 등허리를

언제까지나 토닥거리며 서 있는 동구나무

우리 어머니들이 서 계신 뒷모습을

오래 오래도록 보아서

어머니들을 꼬옥 닮은 동구나무

___ 동구나무 _ 중에서

죽형의 시에서 자연은 인간과 삶의 아픔을 주고받는 생리적인 실체로 등장한다. 여기에 제시된 무등산은 5·18민중항쟁의 희생과 역사적 성취를 '만삭의 몸'으로 보여준다. 자신의 제2의 고향 광주에서 일어난 5·18항쟁과 연루되어 시인은 투옥을 당하게 된다. 사람이 감옥에 있을 때 산도 찬 눈을 덮어서 수형자가 되고, 사람이 그 감옥 안에서 더 큰 투쟁의 의지를 품을 때 산도 만삭의 몸이 된다. 홀로 떨어져 고고하고 의연한 자연은 '저만치' 떨어져 있어 사람을 더 외롭게 만든다. 마을의 동구나무를 어머니의 뒷모습으로 보는 죽형의 시선은 단순한 시적 의장을 넘어선다. 죽형은 자연을 역사의 동등한 참여자이며, 시간의 참된 증인으로 보고 그 자체의 가치에 주목한다.

태안사 초입과는 20여 리 떨어진 죽형의 모교인 동계초등학교에 내렸다. 교문에 들어서자 사방이 고요하여 굵은 플라타너스 둥치에 금이 이렇게 정다운 이야기를 놓아두고 여기에 있던 사람들은 다 어디로 갔을까?

© 임소혁

가는 소리가 들리는 듯했다. 운동장 뒤편을 감싸며 바다로 향하는 보성 강 위에는 내 유년의 잃어버린 신발 한 켤레도 함께 떠나고 있으리.

교사는 임소혁이라는 사진작가의 개인 전시실로 임대되어 있었다. 모든 것이 축소화 되어 있는 초등학교 건물에 들어서면 모든 어른들은 고개를 숙여 아이들의 세계를 경배하지 않을 수 없다. 전시되어 있는 모든 사진들은 섬진강과 지리산이 대상이었다. 죽형의 유년을 키웠던 산천이, 그의 추억들이 정사각형의 액자 안에 표구되어 있었다.

지인들에 의하면 죽형도 정년 후에 귀향을 계획했다고 한다. 그에게 갑작스럽게 찾아온 병마가 없었다면 나는 지금 그의 흔적이 아닌 그의 육신을 만나러 가고 있었을 것이다. 이산가족이나 철거민뿐만 아니라 모든 사람들은 귀향을 꿈꾼다. 야반도주한 빚쟁이의 가슴 한쪽에도 고 향은 살아 숨쉰다. 실상 죽형은 그가 그토록 사랑했던 고향에 국민학교 2학년 때까지만 머물렀다. 그럼에도 그는 '멧돼지, 사슴, 노루, 늑대, 여우 등과 동무삼아 지냈던 유년 생활과 여순사건으로 온 집안이 쑥밭 이 되어 버렸던 국민학교 2학년 때의 기억들을 소중히 간직하면서 내 시의 끝도 그 고향에서 멈추리라' 고 고백하고 있다.

백지를 적신 잉크처럼 순백한 유년의 뇌리에 새겨진 기억은 삭제 불가능한 파일이다. 고향은 자기 자신을 작동시키는, 삭제시키면 자신도 삭제당하는 일종의 시스템 파일인 것이다. 조태일은 아버지의 유언대로 고향 태안사를 떠난 지 30년 만인 1977년 여름에 고향을 찾아간다.

삼십년을 떠돌다가
광주에 들러
친구 석무를 차고
고향 찾아가는 길

가다 가다 더위에 지치고
몰아치는 어린 시절이 숨가빠서
옷 벗어 바위에 던지고
동리천에 뛰어들어

금세 얼어붙은 성년을 덜덜 떨며
머리 위로 스치는 소리
물고기 맨살 간질이는 소리 듣는다.

침묵으로 고향길 밟는 발바닥
이렸을 적 내 발가락 부딪쳐 피내던
돌부리 하나하나 떠올리며
대창 부딪치는 소리 꽂히는 소리
쓰러지는 비명소리 들으며

할아버지의 꿈은 경운기
나 삼륜 오토바이를 갖는
것이 아니었다. 할아버지
는 더 좋은 지게를 갖기를
원했다. 가령 금지게나 은
지게

착한 짐승 거느리듯

친구 석무를 뒤에 거느리고

어른을 버리고,

아장걸음으로 고향길 걷는다.

　　　　　　　　　　　　　　　　　　── 동행

　조태일의 아버지는 6·25가 끝나고 광주의 피란촌이자 정착촌이 된 허름한 판잣집에서 사망한다. 어릴 때 동네 아낙들조차 '도련님 목소리 듣는 것이 소원'이라고 할 정도로 과묵했던 시인은 아버지 생전에 단 한 번도 '아버지'라고 부른 적이 없고, 아버지 역시 단 한 번도 '태일아'라고 부른 적이 없다는 가족들의 믿기 힘든 증언이 있다. 시인 자신도 생전에 참으로 수수께끼나 신화 같은 이야기가 아닐 수 없다고 고백하고 있다. 공교롭게도 조태일은 아버지의 임종을 지키고 유언을 받은 유일한 가족이었다. 죽형의 부친인 조봉호는 '고향 떠난 지 30년이 지나면 고향 땅을 밟아라'는 유언을 남기고 운명한다.

빛은 늘 새롭고 우리는 늘 옛날 같다. 우리는 시간과 시간 사이를 통과하지만 빛은 통과하지 않기 때문이다. 이윽고 섬진강에는 새 빛이 내려 새벽이 올 것이고 우리는 어제보다 더 늙어 있을 것이다.

태안사를 가기 위하여 하염없이 버스를 기다리고 있었다. 눈은 참으로 신기한 힘을 지니고 있다. 추수가 끝난 허허로운 벌판이 풍성한 꿈을 꾸고 있는 것 같았다. 적막한 시골 땅에 콘크리트 하수관을 실은 녹슨 트럭 한 대가 초등학교 옆을 지나 봉두산을 향해 소실점으로 사라져 갔다.

이 땅에 살기 위하여

태안사의 입구에 도착하니 벌써 12시가 되었다. 비교적 큰 사찰임에도 속세인들의 왕래는 거의 없는 듯했다. 초입에 있는 '태안회관'이 유일한 상점이었다. 2층짜리 가정집 양옥의 1층을 개조하여 식당과 매점으로 사용하고 있었다. 반찬으로 압록에서 잡아 올린 민물게장이 나왔다. 어떤 음식에도 조미료의 흔적이 없었다. 이런 맛집은 '맛집지도'에는 결코 실리지 않는다.

옆 테이블에서는 마을의 몇몇 촌로들이 고드름 끝의 물방울을 헤아리며 막걸리로 목을 축이고 있었다. 그 촌로 중 한 분이 죽형과 국민학교 동기생이었다. 그 분 말씀에 의하면 죽형이 살던 마을은 오래 전에 없어졌다고 한다. 마을 사람들 중 일부만이 절에서 가장 가까운 건모마을로 이주했다. 다만 문학관은 그의 생가터에 세워졌음이 분명한 듯 싶었다. 입구에서 매표를 하고 야트막한 오르막을 100미터가량 오르자 우편에 조태일 문학관이 나타났다.

입구에는 이 땅을 밟아온 그의 험난한 이력과 이 땅에 대한 그의 사

도끼자루를 쥔 목기시대 최고의 벌목꾼의 집 같다. 죽형은 도끼자루 대신 펜을 들고 언어의 숲을 거닐었다.

랑을 상징하듯 〈국토서시〉의 시비가 세워져 있었다. 조태일이 그리던 고향 땅에 장승이 되어 서 있는 것 같았다. 끝내 귀향의 삶을 살지 못했던 죽형. 출향 후 광주와 서울에서의 지독한 가난, 모진 수형 생활과 병마와의 싸움은 어쩌면 예루살렘과 메카를 찾아가는 귀향의 대서사시였을지도 모른다. 이제 여기에 그의 정신을 기리기 위한 성전이 세워져 있다.

　문학관은 'ㄷ'자 형태를 취하고 있었다. 지하 1층 깊이의 흙을 드러내어 그곳에서부터 지상 1층 높이까지 문학관을 건축하였다. 지하 1층 깊이의 안마당에는 아담한 연못을 파 놓았다. 건물의 외벽은 거칠게 페인트칠을 한 원목 판자들을 잇대어서 마감하였다. 외벽의 판자와 그 판자의 합이 이루어 내는 선들이 모두 올곧은 직선이었다. 석기시대 이전에 목기시대가 있었다면 부족장의 궁전이 이러하였으리라. 땅속에서부터 시작하여 지상으로 솟아오르는 구도나 지나칠 정도로 단순하고 투박한 건물 외양은 조태일의 정신세계와 그의 육신의 실체를 표현하기 위한 전략적인 설계였을 것이다.

    韓民族의 巨軀요 표준을 넘는 美男은

    검다 검다 지쳐 흰빛도 튀기는

    쌔카만 석탄을 생각하고 있었다.

    아니 쌔카만 석탄이 되고 있었다.

    맨 밑바닥에서 서러우나 즐거우나

    언제 어디를 안 가리고 솟구치고

    꿈틀거리는 석탄이 되어서

    韓民族의 거구요 미남인 나는

    꺼멓게 꺼멓게 울고 있었다.

                        ___ 국토-석탄 _ 중에서

    전시관 내부에는 유물, 문학사 자료, 지인들의 헌시, 영상 자료, 육필 원고 등이 전시되어 있었다. 그 중 김준태 시인이 군 시절에 죽형에게 보낸 편지가 눈에 들어왔다. 아울러 흰 벽에는 김준태를 위시하여 고은, 양성우, 김지하 등 저항문학의 빛나는 거성들의 헌시가 액자에 표구되어 있었다. 그것들을 통하여 죽형의 이념적인 색채를 확실하게 채색하고 있다는 느낌을 받았다.

    조태일은 김준태를 비롯하여 전남 출신의 여러 시인들을 소개하고 배출하면서 저항문학의 산파역할을 하였다. 하여 오늘날 빛나는 남도문학의 굳건한 토대를 마련하였다. 한편 그 자신이 4·19를 중요한 정신적 자산으로 삼으며 직접적으로 유신이라는 정치체계와 치열하게 대적하였다. 그러나 그는 남도문학의 저항정신을 정점으로 이끈 5·18 항쟁을

충격으로 받아들인 세대는 아니다. 엄격히 말하자
면 그는 5·18세대는 아닌 것이다. 5·18항쟁이 일
어난 1980년은 이미 그는 수차례 투옥을 경험하고
난 후의 해이다. 행동으로서 저항적 시 창작은 사
실상 1980년대에는 새로운 방향으로 전화하고 있
었던 것이다. '남도 저항문학'이라는 범주가 있다
면 그는 선구자적 위치를 점하겠지만 '5·18문학'
이라는 범주가 있다면 그의 자리는 사실상 매우 좁
을 것이다. 그를 5·18묘역에 안치하고, 그의 시비
를 당시 가장 치열한 총격전이 있었던 광주 너릿재
의 정상에 세운 것은 후배 및 동료 시인들의 지역
출신 저항문인에 대한 나름의 헌사였을 것이다.

창문을 통과한 햇빛이 반대쪽 벽의
액자에 밝게 부딪히고 있다.

안마당 방향의 벽 상단에는 20인치 브라운관 크
기의 창문이 일렬종대로 도열해 있었다. 그 창문을 통해서 햇빛이 당
당히 걸어 들어와 반대편 벽에 걸려 있는 액자를 밝혀주고 있었다. 김
지하는 흑산도에서 체포되어 목포항에 내려설 때 자기를 강도나 절도
로 파악하는 고향 사람의 얼굴에서 처음으로 고향에 왔음을 실감한다.
쿤데라가 20년의 망명 생활을 마치고 고향 프라하로 돌아갔을 때 그를
편안하게 해 준 것은 1급 호텔의 룸서비스가 아니라 벨보이의 체코어
로 된 쌍욕이었다. 그렇다, 현장에 대한 확인은 우연한 계기에 찰나의
일면을 통해서 드러난다. 창틈으로 당당히 걸어 들어와 우리들의 눈을
부시게 만드는 저 햇빛은 바로 조태일의 〈식칼론論〉에서 온 것이라고
-건축 설계자의 의도와 관계 없이- 나는 확신했다. 김지하나 쿤데라
처럼 우중충한 내 얼굴에도 미소가 돌아오고 있었다.

창 틈으로 당당히 걸어오는
햇빛으로 달구었어!
가장 타당한 말씀으로 벼리고요.

신라의 허황한 힘보다야 날카롭게
정읍사의 몇구절보다는 덜 애절한
너그럽기는 무등산 허리에 버금가고
위력은
세계지리부도쯤은 한 칼이지요.

흐르는 피 앞에서는 묵묵하고
숨겨진 영양 앞에서는 날쌔지요.
비장하는 데 신경을 안 세워도 돼.
늘 본관의 심장 가까이 있고
늘 제군의 심장 가까이 있되
밝게만 밝게만 번뜩이면 돼요
그의 적은
육법전서에 대부분 누워 있고……
아니요 아니요
유형무형의 전부요

—— 식칼論 I

저 칼은 장군의 것도, 검객의 것도, 메이드 인 저머니도 아니다. 저 칼
은 우리들의 밥상을 지키는 평화로운 칼이다. 평화로운 식탁이 위협받
을 때, 식칼은 가장 타당한 무기가 된다. 너그러움에서 어머니의 사랑

과 같지만 절박함에서 맹수로부터 자식을 보호하는 늑대의 발톱과 같다. 이 시에서 유신헌법을 비유하고 있는 듯한 육법전서는 하다못해 식탁의 밥까지 훔치려는 도둑으로 폄하되고 있다. 유신체제를 이처럼 신랄하게 비판하고 투쟁의 무기를 생활의 가장 친근한 것으로 내세운 시인이 또 있었을까? 김수영은 너무 신경질적이고 김지하는 너무 비장하고 김남주는 너무 살벌하고 신경림은 너무 목가적이다.

민주주의네, 사회주의네, 수정사회주의네 똑똑한 사람들은 대의에 차서 울분을 토하지만 막상 우리들의 삶을 지탱시켜 주는 것은 하루 일과를 끝내고 돌아와 가족과 함께하는 빛나는 저녁 밥상이다. 〈식칼론〉은 정치적 상상력의 실천이 아니라 생존을 위한 원시적인, 그래서 가장 절박한 몸부림이다. 애인의 변심에 수면제 먹고 자살했다는 뉴스보다 소 값 파동에 제초제 먹고 자살했다는 뉴스가 더 가슴 아프다. 생활의 수단이 투쟁의 무기가 되는 사회는 그만큼 병들어 있다는 것이다. 그 병든 사회의 주범을 시인은 '식칼'을 통해서 고발하고 있는 것이다.

전시관 한 켠에 응접실이 마련되어 있었다. 커피를 마셨다. 전시관의 컨셉을 위해서는 미숫가루 한 사발을 마셔야 어울릴 것 같았다. 그곳에서 나는 오늘 기행에서 찍은 사진들을 돌려 보면서 앞으로 쓸 기행문을 구상하였다. 도입부에서는 죽형의 시정신을 압축할 수 있는 이미지로 철로 사진을 사용할 것이다. 그리고 오늘 철로를 보면서 떠오른 아포리즘을 굵은 글씨체로 삽입할 것이다 – [철로는 길의 미래다.] 나는 그 미래에 바람의 속도로 도착할 것이다.

이곳 곡성의 풍광, 전시관의 위치와 구조, 그리고 조태일의 시 세계와 사진으로 본 그의 외양이 어떤 공통적인 컨셉을 이루고 있었다. 침묵하는 이 산중에 군용 헬리콥터의 엔진 소리가 요란하게 들렸다 연기처럼 사라졌다.

눈은 갓 태어난 아기와
같다. 이제 그는 헤맬 것
이고 짓밟힐 것이고 더러
워질 것이다. 가장 좋은
선택은 태어나지 않는 것
이다. 그것이 하얀 눈이
검은 우리에게 주는 교훈
이다.

ⓒ양규헌

사라지면서 끝끝내 사라지지 않으면서

눈길에 발을 묻으며 태안사로 향하였다. 계곡의 상류로 오를수록 얼음이 더욱 두터워졌다. 모든 온기는 아래에서부터 온다. 머지않아 하류의 따뜻한 바람이 상봉을 건너 상상봉까지 이르러 이 두터운 침묵을 깨고 시원한 물소리를 흘려 보낼 것이다. 눈길이어서 그런지 생각보다 고된 산행이었다. 한 30여 분 오르자 시인의 탯자리로 추정되는 호국충렬탑이 드러났다. 예전에 이곳에는 대처승을 위한 몇 채의 가옥이 있었다.

충렬탑에서 한 5분 정도 더 오르자 시인의 정신적 고향인 태안사가 지붕에 눈사태를 이고 내려보고 있었다. 조태일은 이곳 태안사에서 1941년 9월 30일, 대처승이었던 부친 조봉호와 모친 신정임 사이에서 7남매 중 넷째로 태어났다. 그의 이름 중 첫 자인 태泰 자도 태안사泰安寺의 첫 자를 따서 부친이 지은 것이다. 조봉호는 태안사의 주지승이었다. 마을의 유지였으며 한학을 수학했고 당시의 현실에 동경유학을 마친 인사가 태안사의 주지승이었다는 사실은 언뜻 의외로 다가온다. 종교적인 신념보다도 일제의 감시를 피해 청운의 뜻을 펼치려는 의도가 더 강했으리라고 짐작된다.

밥 짓는 아낙과 불자 몇 명이 넓은 절을 지키고 있었다. 토방 위에 가지런히 놓인 고무신과 털신이 탈세의 고요를 말해주고 있었다. 모든 것이 흑백으로 인화되어 있는 이 그림에서 대웅전 앞의 핏빛 찔레 열매만이 유일한 총천연색이었다. 스님들은 이 겨울, 모두 동안거에 들어간 모양으로 단 한 분도 발견할 수 없었다. 아낙들에게 죽형을 아느냐고 물으니 다만 이 동네 출신이라는 것만 알고 있고, 죽형의 부친과 관계했던

털신은 속세에서 탈세로 건너가는
백팔번뇌의 길을 걸을 때 신는 신발
이다. 털신은 동안거 중이거나 묵언
수행을 하는 수도승의 나름의 스타
일인 것이다.

스님들은 현재 모두 다른 절로 이주했다는 것이다. 태안사에 얽힌 죽형의 에피소드라도 구하려고 했던 나에게는 낭패가 아닐 수 없었다.

지옥의 문을 두드리듯 지붕 위의 눈이 녹아서 처마 밑 낙숫돌에 떨어지고 있었다. 눈은 태안사를 잠들게 하고 태안사는 동안거 중인 스님들을 하나 둘 꿈 속에 등장시키며 이 겨울을 나고 있다. 그 꿈 속에는 아마 머리를 빡빡 밀고 동자승 노릇을 하였던 죽형의 유년도 등장할 것이다. 나는 대관절 누구의 꿈 속을 이토록 헤매고 있는 것일까? 이 꿈에는 헤어진 여자친구, 군대영장, 성적증명서, 입사 기출문제뿐 아니라 통장의 잔고가 십 원 단위까지 생생하게 나타난다. 예컨대 이 꿈은 너무 현실적이다. 누군가 이 꿈을 깨우기 전까지 나는 마이너스 통장을 안고 폭설을 맞으며 이 알 수 없는 길을 걸을 수밖에 없을 것이다.

이젠 그만 푸르러야겠다.
이젠 그만 서 있어야겠다.
마른풀들이 각각의 색깔로
눕고 사라지는 순간인데

태안사에도 일몰이 찾아 왔다. 빛이 다 사그라지기 전에 불자들은 태안사를 빠져 나가고 있었다.

나는 쓰러지는 법을 잊어버렸다.

나는 사라지는 법을 잊어버렸다.

높푸른 하늘속으로 빨려가는 새.

물가에 어른거리는 꿈

나는 모든 것을 잊어버렸다.

_____ 가을 앞에서

　언제 맑았나 싶게 먹구름의 그림자가 봉두산의 북동쪽을 잠식하고 있었다. 산사를 중심으로 퍼진 오솔길들이 희미해져 가고 토박이 새들이 귀소를 서둘렀다. 가끔씩 산길에 드리운 솔가지에서 무게를 못 이긴 눈더미들이 쏟아졌다. 어릴 때는 눈이 오는 소리가 들렸다. 이제는 아무리 귀를 기울여도 소리는 들리지 않고 귀만 하얗게 젖을 뿐이다.

　여기저기서 하산하라는 봉두산의 신호가 난무하였다. 눈길은 산을 오르던 나의 발자국들을 선명하게 기억하고 있었다. 깊게 음각된 발자국에는 나의 체중이 실려 있었다. 언젠가 햇빛이 내리면 녹는 눈과 함께 나의 체중도, 체중의 기억도 이 산중에 흩어질 것이다. 그래도 여전히 그 길은 '거기' 있을 것이며, 나 또한 어떤 길 위에 발자국을 찍고 있을 것이다.

사랑의 은근한 중독과 아픔 _ 충청도

| 한용운 |

사랑, 참말로 알 수 없어요

©최어길

양병호

세상은 알 수 없는 것들로 가득 차 있다.
겨울 철새들이 어디서 날아와서 또
어디로 날아가는지 그들이 헤쳐온 망망대해의
구름이 어디에서 비가 되어 내리는지 알지 못한다.
세상은 알 수 없는 것들로 가득차 있다.

사랑 혹은 삶의 구경究竟을 찾아

만해 한용운은 시인이며, 독립운동가이며, 승려이다. 만해는 한 세상을 다양한 역할을 하며 살았다. 어찌 보면 만해의 삶은 승려로서 삶의 본질에 대한 탐구[眞], 독립운동가로서 국가와 민족의 독립운동[善], 시인으로서 시를 통한 사랑의 찬미[美]라는 진선미를 동시적으로 추구한 완전인의 자세를 보인다.

이처럼 다양한 역할을 하며 격동의 시절을 산 만해의 삶을 포괄하는 개념은 '사랑의 정신'이다. 그는 '사랑'의 깃발을 질곡의 근현대사를 지닌 한국의 방방곡곡에 쉼 없이 펄럭거리는 정신의 폿대이다. 그 정신의 깊이와 넓이는 헤아릴 수 없다. 아니 그의 어법을 빌면, '알 수 없어요'이다. 퍼내도 퍼내도 마르지 않는 정신의 샘이다. 그 정신의 맑은 물줄기를 따라가며 때 묻은 우리의 일상을 빨래하는 일. 삶의 이정표를 잃고 인생의 궁극을 찾아 헤매는 갈증을 해소하는 일. 이것이 바로 만해의 시를 읽으며, 그가 살았던 공간을 찾아가는 여행의 목표이리라.

2월, 눈은 내리지 않았으나 바람 끝은 매섭다. 구불구불 곡절 많은 농투사니 손금같은 국도를 따라 만해의 고향 충남 홍성으로 향한다. 말끔하게 이발한 논에는 이따금 살얼음이 버짐처럼 피어 있다. 고요한 방죽가에는 지난 가을을 불태웠던 갈대들의 잔해가 애처롭다. 머얼리 허공을 가로질러 새떼들이 보자기를 펼친 것처럼 날고 있다. 홍성이 가까워지면서 농토며 산하의 색깔이 만해의 마음결인 듯 더욱 붉은 황토 빛으로 찬연하다. 차 속은 난방이 되어 따뜻하지만 차창 밖 풍경은 투명한 얼음처럼 맑기만 하다. 따뜻한 냉기 혹은 차가운 열정의 이 여행이 만해의 삶과 시를 닮은 것 같다는 생각이 설핏 다가와 슬몃 흘러간다. 창

날아가는 새의 양 날개 위에 만해가 서 있다. 이 양 날개는 정신의 균형을 상징한다. 그 흔들림 없는 균형으로 만해는 더 높이 날 수 있었다.

밖으로 스쳐지나가는 오소소 저 겨울나무들처럼.

만해 생가로 가는 길목 남장리의 남산 자락에 만해한용운선사상이 서 있다. 1985년에 조성된 이 선사상은 위치며 규모며 미학성이 조화를 이룬 훌륭한 작품이다. 왼편 날개석에는 대표작 〈님의 침묵〉의 일부가, 오른편 날개석에는 〈독자에게〉의 일부가 새겨 있다. 만해 시집 《님의 침묵》의 처음과 끝이 좌우 대칭을 통해 균형을 잡고 있는 것이다. 원형 탑신 위에는 만해의 전신상이 생전의 모습 그대로 표표히 서있다. 바람에 날리는 두루마기 자락과 옷고름은 만해의 드센 삶의 역경을 상징하는 것만 같다. 넌지시 펼쳐 드리운 오른손은 세상살이에 고단한 중생을 가르침으로 인도하는 포근한 손짓으로 읽힌다. 멀리 앞들을 내다보는 형형한 눈빛과 꽉 다문 입매는 만해 정신의 단호함을 표상한다.

햇빛은 맑되 콧속에 살얼음이 어는 투명하게 추운 겨울날. 그가 내어 준 발치에 앉아 만해상을 배경으로 기념 촬영을 한다. 격동의 세월을 살아온 대한민국의 정신, 만해 사랑의 정신을 더불어 찍어가기 위하여. 사랑의 마음을 세례받기 위하여. 기꺼이 감염되기 위하여. '하나 둘 셋,

김치' 하는 동안 생각한다. '나는 당신을 기다리면서 날마다 날마다 낡아갑니다.' 의 기다림의 자세에 대하여. 그 무엇이든 닳아지고 헤지게 만드는 시간의 흐름에 대하여. 아니면 '자유를 모르는 것은 아니지만, 당신에게는 복종만 하고 싶어요.' 의 지독한 사랑의 역설에 대하여 곰곰이 생각한다.

그러나 만해의 고향 홍성이라고 해서 인생 혹은 사랑의 본질에 대한 질문이 환해지는 것은 아니다. 아니 언제나처럼 외려 그림자가 짙기만 하다. 결론은 만해의 절창처럼 역시 '알 수 없어요' 이다. 그렇다고 해서 여기서 가던 길을 멈출 수는 없다. 하여 우리는 운명인 듯 주섬주섬 짐보따리를 챙겨 다시 길을 간다. 만해의 사랑이 이끄는 노정을 따라, 편편의 시를 따라, 굽이치는 길목마다 엄습하는 눈발을 헤치며, 길을 가고 또 간다. '알 수 없어요' 에서 출발하여 '알고 싶어요' 의 길을 따라 '알 수 있어요' 의 종착역을 향해.

달을 향한 그리움의 자세 혹은 삶의 자세

사위어가는 저녁 하늘 비스듬히 이쁘게도 낮달이 떴다. 쉬엄쉬엄 달려가는 지방도로의 굽이를 따라 달이 숨바꼭질하며 내내 따라오고 있다. 홍성에는 붉은 황토를 드러낸 야산이 많다. 물론 속절 있는 심사로 꾸불텅하게 자란 키 작은 소나무들을 품에 안고서. 그리고 들녘마다 비닐하우스들이 햇빛에 부서지는 은물결을 출렁이며 손짓하고 있다. 화살표 대열로 날아가는 철새들을 향하여. 나는 속으로 조용히 노래를 부암스트롱이 최초로 달에 발자국을 남겼을 때, 토끼는 계수나무와 절구통을 들고 달의 반대편으로 숨어 버렸다. 그 후로 달 방문객이 올 때마다 토끼는 그 짓을 반복하였다.

◎양영수

른다. 포스터의 곡에 붙인 다음과 같은 노래를. '다알 밝은 가을밤에 기러기들이 차안 서리 맞으면서 어디로들 가나요. 고단한 날개 쉬어가라고 갈대들이 손을 저어 기러기를 부르네.'

기러기를 향해 손짓하는 갈대의 마음으로 차창 밖 달이 우리를 향해 손짓을 한다. 알 수 없는 삶의 비의를 찾아 길 떠난 우리에게 쉬어가라는 듯이. 그러나 무언가 알고 싶어 초조한 우리는 쉼 없이 길을 간다. 그리하여 우리는 어디론가 흘러가는 찬 서리 맞는 기러기가 되고, 달은 우리에게 손짓하는 갈대가 된다. 그런 달의 낙낙함과 푸근한 마음이 만해에게도 전해졌단다. 아니 만해는 달빛으로 퍼부어지는 사랑의 마음을 그리움으로 돌이켜 우러른다.

달은 밝고 당신이 하도 기루었습니다.
자던 옷을 고쳐 입고, 뜰에 나와 퍼지르고 앉아서, 달을 한참 보았습니다.

달은 차차차 당신의 얼굴이 되더니 넓은 이마, 둥근 코, 아름다운 수염이 역력히 보입니다.

　간 해에는 당신의 얼굴이 달로 보이더니, 오늘 밤에는 달이 당신의 얼굴이 됩니다.

　당신의 얼굴이 달이기에 나의 얼굴도 달이 되었습니다.
　나의 얼굴은 그믐달이 된 줄을 당신이 아십니까.
　아아 당신의 얼굴이 달이기에 나의 얼굴도 달이 되었습니다.

　　　　　　　　　　　　　　　　　　　　　　　　　　　____ 달을 보며

　해는 달을 보며 그리운 마음을 철철철 쏟아낸다. 그는 적막한 밤에 당신이 하도 그리워 옷을 갈아입고 뜰에 나올 수밖에 별다른 도리가 없다. 찰랑이는 은물결을 하염없이 지상에 쏟아 붓는 달을 만해는 그저 바라볼 뿐이다. 어찌할 수 없는 그리움 때문에 뜰방에 퍼지르고 앉아서. 오로지 그대만을 생각하며.

　달이 이울기 시작하면서 그리움도 깊어가고 밤도 이슥해진다. 그때 달은 점점 당신의 모습으로 변화한다. 그대의 모습이 차차 뚜렷해진다. 그게 아니다. 달이 변화하는 게 아니라 만해의 마음이 달을 통해 당신과 만나는 것이다. 당신과 만났을 때는 당신의 얼굴이 달로 보였으나, 만날 수 없어 그리움만 쌓이는 지금은 달이 당신의 얼굴로 보이는 것이다.

　여기서 다시 만해는 어느덧 자신도 달이 된 것을 느낀다. 예컨대 달이라는 매개를 통해 나와 당신이 한 몸이 됨을 인지한다. 그리움이 깊어 당신이 달이 되고, 달이 당신이 되고, 내가 달이 되고, 또 달이 내가 되는 원융합일의 경지로 달밤은 익어간다. 그리하여 그리움으로 퍼부어지는 달빛의 출렁임으로 인해 만해가 살았고 우리 역시 살고 있는 이 지상은 사랑으로 충만하다.

하염없이 기다리며 부르는 사랑의 세레나데

홍성 읍내에 들어선다. 읍을 가로지르는 천변에 깃발들이 바람에 펄럭이고 있다. 그 펄럭임을 따라 읍내를 어슬렁거린다. 여느 읍 소재지처럼 신흥개발의 분위기이다. 만해의 고답한 정신과 무관하게 찜질방 피시방 음식점 노래방 가구점 다방 약국 전파상 머리방들이 어수선하게 활기차다. 세상은 그렇게 쉽게 그리고 급진적으로 변화해 버린 것이다. 그러나 나는 만해 사랑의 정신이 저들의 삶 구석구석에 은밀하게 출렁이며 흐를 것이라고 기대한다.

만해 훨씬 이전에 만들어졌음직한 돌 박힌 길을 걸어 홍주성 앞에 다다른다. 홍주성의 동문인 조양문은 과거의 영락을 그대로 간직한 채 쓸쓸한 표정으로 우리를 맞는다. 잠시 과거의 시간을 뒤적거리다 포켓에 손을 넣고 어깨를 잔뜩 웅크린 채 성벽을 따라 걷는다. 이윽고 만해 시비 앞에 이른다. 오래된 굴참나무가 이파리를 모두 떨어뜨리고 허전하게 서 있다. 시비 주위에는 힘겨운 철쭉들이 완강한 겨울을 견디고 있다. 만해의 매운 정신인 양 검정색 화강암(오석)에 〈알 수 없어요〉와 〈나룻배와 행인〉이 새겨진 시비 두 개가 다정히 서 있다.

고고하지도 장엄하지도 않는 이 소소한 시비 역시 불교 유신론을 통해 불교의 대중화를 역설하던 만해 정신의 일부이다.

나는 나룻배
당신은 행인.

당신은 흙발로 나를 짓밟습니다.
나는 당신을 안고 물을 건너갑니다.
나는 당신을 안으면 깊으나 옅으나 급한 여울이나

건너갑니다.

만일 당신이 아니 오시면 나는 바람을 쐬고 눈비를 맞으며 밤에서 낮까지 당신을 기다리고 있습니다.
당신은 물만 건너면 나를 돌아보지도 않고 가십니다 그려.
그러나 당신이 언제든지 오실 줄만은 알아요.
나는 당신을 기다리면서 날마다 날마다 낡아갑니다.

나는 나룻배
당신은 행인.

___ 나룻배와 행인

사랑을 해본 사람은 안다. 사랑하는 당신을 기다리는 그 기막힌 마음을 그 안타까운 심정을 알 수밖에 없다. 어느 누구에게나 사랑하는 님은 '행인'으로 여겨지기 때문이다. 사랑하는 자들은 언제나 상대와 동일화를 꿈꾸는 한편 서로 상대에게는 열심히 '행인'의 악역을 맡는다.

세월과 함께 낡아가고 사람들의 발자국으로 때가 되면 무너지는 성벽이야말로 살아 있는 시간의 역사이다.

나룻배가 있고 행인이 있다. 행인은 나룻배를 짓밟고 뒤도 안 돌아보고 떠난다. 다시 돌아온다. 반복한다.

그러면서 동시에 '나룻배' 의 역할을 충실히 수행한다. 어찌 보면 사랑하는 일은 '나룻배' 가 되어 사랑하는 '행인' 인 님을 하염없이 기다리는 고역을 감내하는 즐거움인지도 모른다.

하여 '행인' 인 당신은 매양 '나' 를 흙발로 짓밟는다. 물론 내 사랑은 가시밭로 밟아도 견딜 수밖에 없다. 당신의 어떤 가혹한 행위도 모두 나에게는 기쁨이기 때문이다. 사랑은 그런 것이다. 당신의 형언할 수 없는 어떤 비정한 행위일지라도 나는 감내하고 포용하는 것이다. 그래서 사랑은 가혹한 형벌인 것이다. 나는 당신을 실어 나르는 '나룻배' 의 역할을 하는 것만으로도 흐뭇하다. 나는 당신을 안고 그대가 행여 젖을세라 노심초사하며 급한 여울일지라도 건너간다. 여울진 한 세상을 같이 건너는 그 순간 나는 행복하기만 하다.

'당신' 과 함께 여울진 세상을 건너는 행복한 시간은 영원하지 않다.

강을 건너자 또 당신은 '나/나룻배'를 남겨두고 허위허위 길을 간다. 그 때부터 또다시 나의 기다림은 운명처럼 시작된다. 그 기다림은 '당신'과의 만남이 있을 때까지 지속된다. 그리고 확신한다. '나'는 '당신이 언제든지 오'시리라는 것을. 그 기다림 속에서 화자/만해는 낡아간다. 인생은 기다림으로 낡아가는 그런 존재인 것이다. 만남과 헤어짐은 영원히 교차한다. 불가의 용어로 회자정리의 운명이 우리 인간의 숙제인 것이다. 이 시는 무언가를 기다리면서 낡아가는 인생의 속성에 대해 이야기한다.

이율배반적인 사랑의 역학관계

읍내를 빠져나와 결성면 성곡리에 있는 만해 생가로 향한다. 생가는 소나무 숲을 배경으로 안온하게 자리 잡고 있다. 바지랑대 울타리 넘어 마당과 뜰방은 정갈하게 비질되어 있다. 당시 모습으로 복원한 생가는 아담하고 소박하다. 새로 이은 초가지붕이 포근하고, 잘 개어 바른 황토벽이 정갈한 느낌을 준다. 부엌 옆 뒤안의 여린 대숲 앞에는 맑고 청량한 우물이 장독대와 함께 있다. 그 우물에 비친 하늘에는 만해 사랑의 정신이 투영되어 푸르기만 하다. 방문을 열어보니 만해의 영정과 친필 액자가 걸려 있다. 피폐한 모습의 영정 사진 역시 눈빛만큼은 깊고 푸르다.

만해는 이곳에서 1879년 태어나 서당을 다니며 한학을 배운다. 그리고 1892년 13세에 전정숙과 혼인하여 1904년 아들 보국을 얻지만 잃는다. 만해는 1903년 출가하여 1905년 26세에 설악산 백담사에서 중이 된다. 27세 때인 1906년에는 만주와 시베리아 등을 여행하며 떠돈다. 1907년부터는 중으로서 참선, 강연, 불교운동, 출판, 저술, 시작 활동을 왕성하게 한다. 1919년에는 33인의 민족대표로 독립선언서에 서명하고 앞장서 활약하다 체포되어 3년의 형을 산다. 1926년 47세에는 마침내 한국 시문학의 휘황한 시집 《님의 침묵》을 출간한다. 1933년 54세에 유원숙과 재혼하여 딸 영숙을 얻는다. 그리고 해방을 앞둔 1944년 중풍과 영양실조로 성북동 심우장에서 65세를 일기로 치열하고 진지했던 삶을 마감한다.

만해의 생가를 둘러보며 그가 건너온 세월의 모진 풍파를 생각한다. 가혹한 식민지 원주민으로서, 삶의 본질을 엄숙하고 진지하게 고뇌하는 승려로서, 만해가 노래한 사랑의 시편들 갈피갈피를 뒤적인다. 그가 사랑을 추구하며 겪어야만 했을 백팔번뇌 중 그리움과 기다림의 가슴앓이가 찌르르 전해온다. 만해 생가의 마루에 걸터앉아 멀리 차갑고 높

정신은 유목민처럼 자유로워야 한다. 평생 재산이 없었던 만해 사상의 거처는 0.5밀리미터의 펜촉에서 시작되었다.

고 시원한 겨울 하늘을 응시한다. 비행기가 지나가며 남긴 비행운이 만해의 입김인 듯 기일게 우주로 뻗어 있다. 그 순간 나는 분명 도포자락을 펄럭이며 사랑을 설법하는 님의 침묵을 들었다. 꿈결처럼.

남들은 님을 생각한다지만
나는 님을 잊고저 하여요
잊고저 할수록 생각하기로
행여 잊힐까 하고 생각해보았습니다.

잊으려면 생각하고
생각하면 잊히지 아니하니
잊도 말고 생각도 말아 볼까요.
잊든지 생각든지 내버려두어볼까요.
그러나 그리도 아니 되고
끊임없는 생각생각에 님뿐인데 어찌하여요.

구태여 잊으려면
잊을 수가 없는 것은 아니지만
잠과 죽음뿐이기로
님 두고는 못하여요.

아아 잊히지 않는 생각보다
잊고저 하는 그것이 더욱 괴롭습니다.

_____ 나는 잊고저

바람에 흘날리는 텍스트를 본 적이
있는가? 안테나를 세우고 주파수를
정확히 맞추면 경을 읽은 바람의 목
소리를 들을 수 있을 것이다.

만해는 역설의 어법을 즐겨 사용한다. 그것은 불가의 인식 체계 영향 때문일 것이다. 예컨대 불립문자不立文字를 통한 마음의 소통을 중시하는 것이라든지, 색즉시공 공즉시색色卽是空 空卽是色의 역설적 세계 인식이 바탕이 된 것으로 보인다. 사실 우리 인간 세상의 일들 역시 역설적 상황이 흔하디흔하다. 진리는 객관적이거나 직설적 태도로 파악되기보다 오히려 역설을 통해 구체화되는 경향이 강하다. '사랑은 행복이 아니라 구속이다.' 라는 역설처럼.

이 작품 역시 사랑에 대한 자세 혹은 태도를 역설적 어법으로 형상화하고 있다. 사랑에 빠진 사람들은 사랑의 대상에 집중하고 몰입하는 경향이 있다. 자나 깨나 사랑하는 사람에 대해 관심을 집중한다. 수시로 사랑하는 이와 만나 사랑을 나누고자 열망한다. 그러나 그것이 그렇게 쉽게 이루어지는 것은 아니다. 하여 사랑하는 자들은 사랑의 욕망 불충족에 대해 항상 괴로워한다. 뿐만 아니라 그러한 열망은 역으로 상대에게 구속으로 느껴지기도 한다. 따라서 사랑은 행복을 줌과 동시에 고통을 제공한다. 그래서 패티김의 노랫말처럼 사랑은 빛과 그림자이며, 사

이 보다 더 선전적이고 스타일리쉬한 저항의 방법론은 없다. 설사, 이 심우장이 폐허가 된다 하더라도 북쪽이라는 방향과 남쪽이라는 방향은 무너지지 않는다. 심우장은 식민지 시절이라는 역사의 치욕을 그 홀로 끝까지 견디고 있는 것이다.

랑은 나의 행복 사랑은 나의 불행인 것이다. '달콤한 고통'이 사랑의 속성인 것이다.

　이 시의 사랑에 빠진 화자는 '님을 생각' 하는 것이 아니라 '님을 잊고자' 한다. 사랑에 중독된 자는 그 사랑의 치열한 광기 때문에 괴롭기 때문이다. 그러나 '잊으려면 생각하고 / 생각하면 잊히지 아니한' 것이 바로 사랑의 고약한 속성이다. 하여 화자는 마침내 '잊도 말고 생각도 말아 볼까요. / 잊든지 생각든지 내버려두어 볼까요.'의 자포자기 공황 상태로 스스로를 몰고 가기도 한다. 그러나 사랑은 님을 잊고자 하면 할수록 더욱 생각을 부추긴다. 이게 바로 이해할 수 없는 사랑의 역설적 상황이다. 사랑은 그런 것이다.

　물론 억지로, 일부러, 우격다짐으로 잊으려고 한다면 잊을 수 없는 것은 아니다. 그러나 우리는 안다. 순도 높은 '잊음'은 마침내 '잠과 죽음'을 통해서나 이루어진다는 사실을. 또 어떻게 생각하면, '님 두고는' 차마 하지 못할 것이 바로 님을 '잊는' 일이다. 하여 사랑은 '잊히지 않는 생각보다 / 잊고저 하는 그것이 더욱 괴로운' 것이다. 만해는 깊은 통찰력으로 이러한 역설을 통해 사랑에 빠진 자들의 '행복과 고통'에 대한 심리를 구체적으로 선명하게 드러낸다.

지고지순한 '복종'의 사랑 고백

　만해는 사랑의 정신으로 한평생을 살았다. 그 사랑의 대상은 조국과 민족, 문학, 가족, 인류 등으로 포괄적이다. 만해의 사랑을 추구하고 실천하려는 실천궁행實踐躬行은 다양하고 아름다운 일화를 꽃피우고 있다.

만해는 《조선불교유신론》(1913년)에서 불교의 속성을 평등주의와 구세주의로 파악하고 있다. 하여 그는 불교가 대중과 함께 해야 함을 역설하였다. 만해는 불교의 대중성을 강화하기 위해 승려의 결혼 금지 제도를 혁파할 것과, 팔만대장경을 대중들이 쉽게 읽을 수 있도록 국어로 번역할 것과, 사찰이 깊은 산속에서 저자거리로 나와야 한다고 주장하였다. 그래서 한국불교의 슬로건을 '산간에서 가두로', '승려로부터 대중에게'로 삼아야 한다고 말했다. 이러한 신념을 실천하기 위해 만해는 세상에 뛰어들어 역사와 현실에 적극적으로 참여하였던 것이다.

만해는 시집 《님의 침묵》의 시인으로 널리 알려졌다. 그러나 만해는 시뿐만이 아니라 다양한 양식의 훌륭한 문학 작품을 발표한 뛰어난 문인이다. 그는 〈죽음〉(1924년)이라는 단편소설을 비롯하여 장편소설 《흑풍》(1935-1936년)을 조선일보에 연재하기도 했다. 또한 〈고학생〉(1918년) 등의 많은 수필과 〈명사십리〉(1933년) 등의 한시와 〈추야몽〉(1932년) 등의 시조를 발표하기도 했다. 각종 잡지에 역사와 사회 그리고 불교에 대한 자신의 견해를 밝힌 논설 등도 다수 발표하였다.

복종의 대상이 무엇이든 반드시 투철한 신념이 뒤따라야 한다는 것이 나의 〈복종〉에 대한 독법이다.

만해는 1933년 서울 성북동에 '심우장'을 지어 1944년 열반할 때까지 살았다. 그런데 남향집을 짓게 되면 조선총독부가 정면으로 보인다 하여 일부러 북향으로 집을 지었다. 그리고 "조선 땅덩어리가 하나의 감옥이다. 어찌 불 땐 방에서 편히 살 수 있단 말인가?"라며 겨울에도 불을 때지 않은 냉방에서 지냈다고 한다. 그런데 한겨울 냉방에서도 꼿꼿이 앉아 생활하였다 하여 얻은 별명이 저울추였다.

만해는 뛰어난 연설가이기도 했다. 불교 관계로 대중

연설을 할 때면 많은 군중이 몰려들었다. 유창하고 질서정연한 논리로 다양한 비유를 동원하여 연설을 하면 심지어 감시 차 나온 일본 경찰들까지도 박수를 칠 정도였다 한다.

만해는 일제가 통치한다는 이유로 평생 호적 없이 생활하였다. 그런데 만해는 유원숙 부인과의 사이에 딸 영숙을 두고 있었다. 호적이 없는 이유로 영숙은 학교를 다닐 수 없었다. 그리하여 만해는 딸을 왜놈의 학교에는 절대 보내지 않겠다며 자신이 손수 가르쳤다. 이러한 만해의 일화는 그의 생에 임하는 치열성과 진지성을 충분히 드러낸다.

> 남들은 자유를 사랑한다지만, 나는 복종을 좋아하여요.
> 자유를 모르는 것은 아니지만, 당신에게는 복종만 하고 싶어요.
> 복종하고 싶은데 복종하는 것은 아름다운 자유보다도 달금합니다, 그것이 나의 행복입니다.
>
> 그러나 당신이 나더러 다른 사람을 복종하라면 그것만은 복종할 수가 없습니다.
> 다른 사람을 복종하려면, 당신에게 복종할 수가 없는 까닭입니다.
>
> ── 복종

이 시 역시 다른 만해시처럼 역설의 어법이 중요한 지배 요소이다. 첫 구절부터 대립적 문장 배열을 통해 역설을 성립시키고 있다. 예컨대 '남들은 자유를 사랑한다.' 그러나 '나는 복종을 좋아한다.' 가 그것이다. 만해는 이러한 역설을 통해 '자유' 를 긍정적 가치로 '복종' 을 부정적 가치로 인식하는 일반적이고 보편적인 통념을 뒤집는다. 물론 이러한 통념 뒤집기는 '사랑' 의 숨겨진 속성을 드러내려는 목적 때문이다.

우리는 안다. 진정으로 사랑하게 되면 상대에게 복종하고 싶다는 내밀한 심리를.

어찌됐든 사랑은 불가사의한 것이다. 상대에게 복종하고 구속당함으로써 희열과 기쁨을 느끼는 것이다. 아니 사랑은 '아름다운 자유' 보다 복종이 주는 달콤하고 짜릿짜릿한 맛이 진국이다. 나아가 복종을 통해 행복감을 만끽하기까지 한다. 물론 전제 조건은 있다. '복종하고 싶은데 복종할' 때라야 가능한 것이다.

그리고 설령 '당신이 나더러 다른 사람을 복종하라면 그것만은 복종할 수가 없다.' '당신' 의 무슨 요구 조건이든 모두 복종하겠지만 이것만큼은 할 수가 없다. 내 '사랑' 의 대상은 오로지 '당신' 이기 때문인 것이다. 이는 사랑이 지닌 맹목성을 '복종' 이라는 시어의 이율배반적 관계를 통해 역설적으로 드러낸 구절이다.

그리하여 항간에 '사랑은 지는 것이여.' 라는 경구가 유통되는 지도 모른다. 따라서 우리는 열심히 양보하고 패배하여 상대를 승자로 만듦으로써 역설적으로 사랑의 승자가 되는 고수가 되어야 한다. 오직 승자만을 추앙하는 경쟁 만능의 이 자본주의 시대를 거스르며.

님을 향한 등불의 마음을 알 수 있어요

〈강원도의 힘〉이란 홍상수 감독이 만든 영화가 있다. 강원도는 세상살이에 지치고 사랑에 겨운 사람들이 휴식 겸 도피를 위해 찾아가는 곳이다. 그곳에서 강원도가 지닌 청정무구한 자연에 세례 받고, 오염된

심신을 세탁하고, 어기영차 새로운 힘을 충전하는 것이다. 그리하여 다시 저 자본주의 경쟁과 효율이 만국기를 펄럭이는 도시 문명의 세계로 귀환하는 것이다. 강원도는 존재를 푸르고 싱싱하게 하는 힘을 지니고 있는 곳이다.

만해가 출가하여 참선한 인제군 내설악에 있는 백담사로 향한다. 자동차의 차창으로 다가오는 산하의 모습이 현실의 꾀죄죄한 얼룩을 모조리 지워버린다. 마음과 몸이 정갈해지는 느낌이다. 매급시 정극인의 상춘곡 '홍진에 묻힌 분네 이 내 생애 어떠한고. 옛사람 풍류를 미칠까 못 미칠까. 천지간 남자 몸이 날 만한 이 많건마는 산림에 묻혀있어 지락을 모른단 말인가' 가 흥얼거려진다. 하여튼 저절로 흥겨운 날이다.

인제군 북면 용대리 공원매표소 입구에서 마을버스를 탄다. 비가 내리는 을씨년스러운 날이어서인지 우리 일행 외에는 승객이 없다. 숲이 우거져서인지 하늘도 보이지 않는다. 오래된 낙락장송들이 늘씬한 S라인 몸매를 자랑하며 고즈넉이 우리를 마중한다. 굴참나무들 역시 황동

만해는 이곳 백담사에서 근대 한국 시문학의 걸작인 《님의 침묵》을 탈고하였다. 오르기도 어렵거니와 한 번 들어오면 내려가는 길이 더 두려운 곳이다. 백담사 내에 따로 만해기념관을 조성하여 그의 정신을 기리고 있다.

색 등걸로 은근히 우리에게 눈맞춤을 한다. 그 사이 계곡물은 우르렁 쿵쾅 소리를 지르며 장난하듯 바위와 돌들을 씻긴다. 백담사 입구에서 내려 마음껏 직선으로 내리는 빗줄기 속 철벅철벅 바짓가랑이를 적시며 걷는다. 숲 사이 정교하게 건축된 거미줄에 떨어질 듯 빗방울이 맺혀 있다. 넓은 후박나무 잎사귀 밑에는 흔들흔들 검은색 잠자리가 매달려 비를 피하고 있다. 사마귀 한 마리가 정중동의 자세로 나아갈 세월의 방향을 암중모색하고 있다.

새큼한 화강암으로 만들어진 다리를 건너 백담사가 눈앞에 있다. 깊은 산속 넓은 개활지에 대웅보전을 중심으로 칠성각, 선원, 요사채 등이 질서정연하게 배치된 가람이다. 설악을 가로질러 오는 바람이 머릿속까지 개운하게 한다. 이따금 풍경소리가 세월의 흐름을 알려주지만 세상사의 자잘하고 궁상스런 백팔번뇌가 다 고요하기만 하다. 만해가 참선했던 시간이 그윽한 향으로 풀려 우리를 경건함으로 이끈다. 만해는 이곳에서 1904년 출가하여 1910년 《조선불교유신론》을 탈고하고, 1926년 오세암에서 《님의 침묵》을 발표하였다. 백담사의 환경이 그런 고매한 정신의 보금자리 역할을 했을 거라 고개를 끄덕인다.

경내에 있는 만해 기념관을 둘러보다, 세상과 인생의 궁극을 관통하고 건드리는 대표작 〈알 수 없어요〉가 선명하게 떠오른다. 시에 언어로 묘사된 추상적 풍경이 백담사에서 구체적으로 옷을 입는 것을 느낀다. 이번 시를 찾아 떠나는 여행의 의미가 이것이었음을 눈치 챈다. 시가 발생 태동하게 된 공간을 찾아 떠난 여행의 끝에서 시공을 초월한 만남의 의의를 알 수 있었다. 시공을 초월한 만남으로 '발자취', '얼굴', '입김', '노래', '가슴'이 따로따로의 것이 아니라 시와 시인과 독자와 사랑으로 한 몸이 된 것임을.

바람도 없는 공중에 수직의 파문을 내이며, 고요히 떨어지는 오동잎은 누구의 발자취입니까.

지리한 장마 끝에 서풍에 몰려가는 검은 구름의 터진 틈으로, 언뜻언뜻 보이는 푸른 하늘은 누구의 얼굴입니까.

꽃도 없는 깊은 나무에 푸른 이끼를 거쳐서, 옛 탑 위의 고요한 하늘을 스치는 알 수 없는 향기는 누구의 입김입니까.

근원은 알지도 못할 곳에서 나서, 돌부리를 울리고 가늘게 흐르는 적은 시내는 굽이굽이 누구의 노래입니까.

연꽃 같은 발꿈치로 가이없는 바다를 밟고, 옥 같은 손으로 끝없는 하늘을 만지면서, 떨어지는 날을 곱게 단장하는 저녁놀은 누구의 詩입니까.

타고 남은 재가 다시 기름이 됩니다. 그칠 줄을 모르고 타는 나의 가슴은 누구의 밤을 지키는 약한 등불입니까.

――― 알 수 없어요

이 세상과 삶은 불가사의한 것이다. 아니 인간 자체가 신에 비해 불완전한 속성을 지니고 있는 존재이다. '알 수 없음'이 인간의 숙명적인 존재 조건인 것이다. 그러나 그렇다고 해서 알고자 하는 욕망까지 포기할 수는 없다. 죽음에 이르러서야 알 수 있다고 하더라도 살아 생전 앎의 추구를 멈출 수는 없는 일이다. 그 앎의 추구가 우리의 영원한 숙제임은 죽은 자의 지방에 쓰인 '학생부군신위學生府君神位'의 '학생'이란 말이 알려주고 있기도 하다.

세상살이에 필요한 각종 정보나 지식은 학교에서 가르치고 배운다. 나아가 친구 집단이나 매스컴, 인터넷을 통해 쉽게 배울 수 있다. 그러나 삶이나 세계의 본질이라든지 인생에 대해서는 오랜 시간의 내성적

탐구가 필요하다. 만해 역시 이러한 본질에 대한 탐구를 게을리 하지 않았다. 그것은 특히 불교적 상상력을 통해 고뇌되었다. 존재나 삶의 본질에 대한 탐구의 고뇌와 희열이 〈알 수 없어요〉에 고스란히 담겨 있다.

이 시는 각 시행의 문장 구조가 동일하다. '~은 누구의 ~입니까'의 구조로 처음부터 끝까지 묻는 형식을 취하고 있다. 무엇인가 알 수 없기 때문에 질문하는 구조를 취하고 있는 바, 시 제목 '알 수 없어요'와 긴밀한 호응을 이루고 있다. 따라서 이 작품은 시적 화자가 삶이나 세계의 비의를 알아챈 내용에 대해 말하고 있는 것이 아니다. 다양하게 제시되고 있는 자연 현상의 저 깊은 곳에 존재하는 '누구'에 대해 알고 싶다는 희구를 말하고 있다.

그 '누구'는 자연 현상을 통해 우리 앞에 나타난다. 그리하여 만해는 '고요히 떨어지는 오동잎'이나, '구름의 터진 틈으로 보이는 푸른 하늘'이나, '고요한 하늘을 스치는 알 수 없는 향기'나, '돌부리를 울리고 흐르는 적은 시내'나, '떨어지는 날을 곱게 단장하는 저녁놀'이나가 '누

이곳에는 시인 묵객을 위한 숙소도 마련되어 있으며 백담사를 찾는 시민들의 문화공간으로도 활용된다. 건물의 규모와 미학적인 디자인에서 그의 문학적 위상을 느낄 수 있다.

구' 의 존재 현현인지 궁금하다는 것이다. 그 '누구' 는 아마도 만해 혹은 우리가 진흙탕 속의 현실에서 지향하는 연꽃/절대신성일지 모른다.

그 절대 신성의 존재는 매양 '발자취, 얼굴, 입김, 노래, 시, 등불' 로 우리의 감각을 통해서만 존재의 일부를 드러낼 뿐 총체적으로 다가오지 않는다. 그래서 불완전한 만해/우리는 알 수 없는 것이다. 그리고 '누구' 와 '만해/우리' 사이에는 '알 수 없음' 과 '알고 싶음' 의 긴장 관계가 형성된다. 그 사이 '타고 남은 재가 기름이 된다.' 또한 기름은 다시 활활 타올라 재가 될 것이다. 그 끝없는 윤회의 길을 달리며 한 인생이 저물고, 또 다른 인생이 타오르는 것이 아니던가.

문제는 그 존재 규명에 대한 끊임없는 열망이다. 성과 속, 존재와 소멸, 세계와 삶 등과 같은 정답 없는 아니 심지어 해답조차 찾기 힘든 거시기에 대한 '알고 싶어요' 의 자세를 견지하는 것이 인생인 것이다. 그 과정을 통해 자신과 세계에 대한 사랑이 바로 '밤을 지키는 약한 등불' 로 그칠 줄 모르고 타오르는 것이다.

십년이 걸릴까, 백년이 걸릴까. 우리가 아니라면 우리의 다음 세대에게라도 가슴에 환한 등불 하나 켜주어야 한다. 빛이 필요하다.

그칠 줄 모르고 타오르는 사랑의 정신

　　마침내 만해의 시와 정신을 찾아 떠난 여행의 종착지에 이르렀다. 만해가 화두로 던진 '알 수 없어요'에서 출발하여 '알고 싶어요'의 길을 따라 홍성이며 백담사며 성북동을 만해를 추억하고 그리며 허위허위 떠돌았다. 그리고 드디어 희미한 '알 수 있어요'를 눈 부비며 볼 수 있었다. 그것은 바로 만해의 그칠 줄 모르고 타오르는 '사랑'의 정신이었다.

　　그러나 더불어 안 것은 '알 수 있어요'가 결론이 아니라 '알고 싶어요'의 여행 과정이 더욱 중요한 것이라는 사실이다. 만해의 시정신을 찾아 유랑한 그 자체가 곧 우리에게 직면한 삶이고 본질이고 현실이고 세계임을 알 수 있었다. 왜? 인생은 바로 여행이므로. 그리고 어찌 보면 '누구'를 찾아 떠도는 여행 자체가 곧 '사랑'인지도 모른다. 그렇다면 인생 역시 사랑인 것이다.

　　만해의 '사랑'은 자아를 넘어 어둡고 침침한 조국의 현실과 역사에까지 나아가고 있다. 아니 당대를 넘어 현재까지 그리고 앞으로 아득한 미래까지 나아갈 것이다. 그 사랑의 정신이 우리의 삶과 세계를 환하게 밝히며 타오르는 등불이기를 소망하며 남루한 여행 가방을 푼다. 그리고 깊고 푸른 잠에 빠질 것이다. 잠에서 깨어나면 또 다른 여행 가방을 꾸리리라는 숙제를 남겨 놓고서.

　　　　인생은 여행이고,

　　　　　　여행은 사랑이고,

　　　　　　　　사랑은 인생이다......로 순환하듯이

| 정지용 |

꿈꾸는 소년의 항해 일지

이승철

시인은 언어의 집을 짓고
산처럼 지친 어깨를 누인다.
시는 시인의 숨소리이다.
나는 밤마다 시인의 집에 찾아가
그의 숨소리를 듣는다.

바람을 타고 시가 들려온다

충청도 구부정한 가을 길을 따라 지금 정지용 문학관 앞에 서 있다. 앞의 높은 단상 위에서 지용의 동상이 한 손을 들어 방문객을 맞는다. 내가 동상에 가까이 있어서인지 동상이 높은 눈높이에 있어서인지 고개를 한참 뒤로 젖혀 올려다본다. 가끔 바람이 세차게 부는 속에서, 성급하게 나뭇가지에서 떨어진 낙엽들이 흩날리는 하늘과 함께 자유의 단상 위에 올라서 있는 것 같이, 지용의 모습은 금방이라도 어딘가로 발걸음을 뗄 듯이 가볍고 자유로워 보인다.

나는 지용의 시에서 자유의 내음을 맡는다. 내가 말하는 자유는 시인이 가고자 하면 세상 어디든 자유롭게 날아갈 수 있는 상상력이다. 지용은 마음속 여행을 통해서 다양한 얼굴과 표정을 시에 담아낸다. 어린아이인가하면 순간 어른으로 변하고 어른인가 하면 어린아이처럼 재재거린다. 어린아이이면서 어른이 겹치고 어른이면서 아이의 표정이 얼비치는 것이 서로를 자유스럽게 드나드는 모습이다. 그래서 아이처럼 발랄하며 유쾌한 시에서 어른의 진중한 사유를 읽을 수 있으며, 어른의 삶의 성찰을 이야기하면서도 아이의 가벼운 발걸음 같은 생동을 느낄 수 있다.

동상에 대한 이런저런 생각을 뒤로 하고 생가로 발걸음을 옮긴다. 지용은 충북 옥천 읍내에서 조금 떨어진 하계리에서 1902년에 태어나 12세에 결혼을 하고 고등학교에 입학하기 전까지 16년 동안 생활한다. 지금 생가는 1988년에 다시 복원한 것이다. 싸리문을 열고 들어서면 감나무와 소나무가 가을볕을 등에 업고 운치 있게 서 있다. 야트막한 담장 아래엔 봉숭아가 아직 꽃을 떨구지 않고 앙증맞게 피어 있다. 그리고 정제 옆으로 낮은 굴뚝과 우물이 나란히 모여 있다.

고향은 시인들에게 마음의 안식처이자 시적 영감의 샘물을 제공하는 우물과 같은 곳이다. 또한 그 우물은 어머니의 양수와 같이 시인을 포근히 감싸주며 고통을 씻어주고 시인이 현재를 살아갈 힘을 주는 생명수다. 그래서 시인은 고향에 대한 시를 노래하며, 그 시에 평생 자신의 고향을 담고 살아간다.

하계리 마을은 일자산 품에 안겨 양옥들이 낮은 키로 어우렁더우렁 어깨동무하고 있다. 생가의 마당은 문학관 앞 공원 같은 공터와 이어져 동네 아이들의 놀이터가 되고 방문객의 쉼터가 된다. 그래서인지 초가집의 생가는 쓸쓸해 뵈지 않는다. 동네 꼬마들이 한바탕 마당을 가로질러 공터로 뛰어다닌다. 바람이 일고 낙엽이 뒹군다. 이 모든 풍경들로 마음이 한포국하다.

시인의 고향에 와서일까? 나는 시인의 흉내를 내어 온몸의 촉수를 세우고 무엇이 전해오는지 본다. 문학관 쪽에서 희미하게 노래가 들려온다. 바람을 타고 정지용 시가 들려온다. 그의 마음이 들려온다.

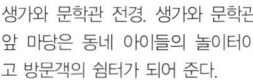

생가와 문학관 전경. 생가와 문학관 앞 마당은 동네 아이들의 놀이터이고 방문객의 쉼터가 되어 준다.

고향, 모든 이의 그리운

정지용의 문학관은 그의 생가 옆에 자리하고 있다. 문학관으로 발을 들이면 실물 크기의 정지용이 벤치에 앉아 있다. 동그란 뿔테 안경을 쓰고 두루마기를 입은 정지용이 벤치에 앉아 있다. 그 옆자리에 앉아 정지용과 함께 사진을 찍는 것은 독특한 경험이다. 나도 모르게 장난기가 발동한다. 입술을 꼭 다문 지용이 해맑게 말을 건네는 착각을 하면서 관리인 몰래 그의 손을 잡아본다. 그것은 한쪽 벽에 그려진 시인의 캐리커처가 어른이면서도 아이처럼 웃고 있어서 일순 친근함을 느끼게 해서일 것이다. 시인의 손이 따뜻하다.

신발을 벗고 문학관 내부로 들어서면 실물 크기의 지용상이 벤치에 앉아 손님을 맞는다. 그 옆에 앉아 슬며시 그의 손을 잡아보라. 마음이 훈훈해진다.

문학관 내에는 헤드폰을 끼고 그의 시를 들을 수 있게 되어 있다. 눈을 감고 귀를 통해 전해오는 〈향수〉를 들으면 그의 고향이 내 맘속에 채색된다. 시골 아낙의 펑퍼짐한 몸매 같은 산등성이, 넓은 들판, 유수한 세월을 흐르는 실개천, 그 속에서 자연과 하나 되어 살아가는 농부의 모습 등이 한 장 한 장 동화를 그리듯이.

그의 생가와 문학관이 있는 옥천은 정지용 시인의 삶과 문학의 뿌리이다. 고향을 노래한 그의 시는 우리의 삶에서 고향의 의미를 생각하게 한다. 그의 고향은 단순히 한 시인의 고향임을 넘어 모든 시인과 시를 공부하는 이들의 고향이기도 하다. 나는 그의 고향을 음미하며 그 속에서 나의 고향을 오버랩해 본다.

넓은 벌 동쪽 끝으로
옛이야기 지줄대는 실개천이 회돌아 나가고,
얼룩백이 황소가
해설피 금빛 게으른 울음을 우는 곳,
— 그 곳이 참하 꿈엔들 잊힐리야.

질화로에 재가 식어지면
뷔인 밭에 밤바람 소리 말을 달리고,
엷은조름에 겨운 늙으신 아버지가
짚벼개를 돋아 고이시는 곳,
— 그 곳이 참하 꿈엔들 잊힐리야.

흙에서 자란 내 마음
파아란 하늘 빛이 그립어
함부로 쏜 활살을 찾으려
풀섶 이슬에 함추름 휘적시든 곳,
— 그 곳이 참하 꿈엔들 잊힐리야.

傳說바다에 춤추는 밤물결 같은
검은 귀밑머리 날리는 어린 누의와
아무러치도 않고 여쁠것도 없는
사철 발벗은 안해가
따가운 햇살을 등에지고 이삭 줏던 곳,
— 그 곳이 참하 꿈엔들 잊힐리야.

하늘에는 석근 별

알수도 없는 모래성으로 발을 옮기고,

서리 까마귀 우지짖고 지나가는 초라한 지붕,

흐릿한 불빛에 돌아 앉어 도란 도란거리는 곳,

— 그 곳이 참하 꿈엔들 잊힐리야.

____ 향수

이 시가 발표된 때는 일제강점기이다. 그러나 이 시에서는 역사적 아픔을 담고 있는 한 시대의 모습을 찾기가 힘들다. 오히려 이 시는 너무도 평화로운 농촌을 그리고 있다. 나는 이것이 〈향수〉에서 고향이 갖는 '아우라'라고 생각한다.

지금의 실개천은 지용의 유년 시절 고향과는 많이 다르다. 옛이야기 지줄대던 실개천은 수로 공사 때문에 콘크리트에 갇혀 햇살에 반질거리는 옛 모양을 잃고, 황소가 아버지와 밭을 갈고 누이와 아내가 벼이삭을 줍던 넓은 들판은 인간의 주거지로 바뀌었다. 그러나 현대를 사는 우리들에게 정지용의 〈향수〉는 삶의 안식을 주는 고향의 원형으로서 후손에게 물려주어야 할 것이다. 그의 시는 언제든 돌아가 쉴 수 있는 마음의 고향을 보여주고 있기 때문이다.

벌판을 돌아나가는 실개천은 옛이야기를 지줄대며 흐른다. 가을의 누런 들판으로 황혼이 찾아와 세상이 온통 노란색으로 물들어, 그 속에서 우는 황소의 울음소리도 금빛으로 보인다. 가을 들판에서는 누이와 발 벗은 아내가 따스한 햇살을 받고 벼이삭을 줍는다. 해가 지면 방안에는 질화로가 피어지고 은근한 온기 앞에 모두 모여 도란도란 가을밤을 이야기한다. 가끔 서리 까마귀가 울며 지나가고 안온한 온기에 졸음이 오는 아버지는 짚 베개를 돋아 고이신다.

흙에서 자란 지용의 마음은 파아란 하늘빛처럼 아름다운 동심과 꿈으로 가득하다. 하늘을 향해 마구 쏘아 올린 화살은 파아란 하늘을 향해 쏘아올린 유년의 꿈이리라. 그 꿈이 이슬 먹은 풀숲 어딘가에 숨 쉬고 있으리라. '옛이야기 지줄대는 실개천이 회돌아' 나가는 방죽가에 '해설피 금빛 게으른 울음 우는' 황소의 평화로운 모습과 식어가는 질화로 재와 더불어 '짚벼개를 돋아 고이시고' 바람소리를 듣는 아버지의 졸린 모습이 있는 곳, 고향.

가난한 농촌의 모습, 그러나 그 안에는 언제나 나를 반겨주고 따뜻하게 품어줄 것만 같은 우리들의 부모와 누이, 그리고 고향 산천이 있는 기쁨과 구원이 있는 곳. 그래서 도시를 유랑하는 시인은 고향, '그 곳이 참하 꿈엔들 잊힐리야' 하고 향수의 노래를 부른다.

고향은 시인에게 많은 자양분을 주고, 시인은 고향의 젖을 먹으며 문학적 소양을 키운다. 또한 시인은 고향을 떠나 있어도 언제나 고향과 생명의 탯줄로 연결되어 있다. 그래서 지용의 시는 모나지 않은 산천의

문학관 내부 모습. 지용의 시가 선율을 타고 흐르는 문학관은 살아 숨 쉬는 생명체 같다.

모습처럼 부드럽고 곡선으로 흐른다. 그러면서도 그 속에서 문학적 상
상력으로 먼 바다를 그려 보았을 소년의 천진하고 무궁한 상상력을 시
어로 표현한다.

바다, 언어의 싱그러운 몸짓

　지용이 바다를 만난 것은 스물두 살 무렵일 것이다. 어쩌면 그는 동
경으로 유학을 떠나면서 처음으로 바다를 보았을지도 모른다. 그로부
터 28세까지 6년 동안 현해탄을 건너 고향을 오간다.

　지용은 바다를 어떻게 바라본 걸까? 사실 내가 지용의 '바다' 관련
시들을 읽으며 제일 먼저 떠올린 의문은 이것이다. 나는 그가 구사하는
시어의 싱그러움에 취해 '대체 바다를 바라보는 그의 눈은 뭐야?' 하
며 시샘어린 혼잣말을 중얼거렸다. 나의 눈과 마음과 상상력은 파닥파
닥 튀어 오르는 시어의 몸짓을 쫓아가기도 벅찼으니까. 그렇다고 정지
용의 시가 언어의 유희에 빠져 전달하고자 하는 바를 상실하고 있다는
말은 아니다.

　시는 감정의 표현이다. 그러나 그 말은 감정을 그대로 문자로 바꿔
놓을 때, 그것이 곧 시가 된다는 말은 아니다. 시인은 깊이 느끼고 예리
하게 감각하면서 그 감각한 것을 조화롭게 통일하는 지성을 갖추어야
한다. 지용은 이 지성을 고도로 갖추고 있는 시인이다. 그는 감정을 그
대로 토로하는 일 없이 그것이 질서와 조화를 얻을 때까지 억제하고 기
다린다.

바다는 뿔뿔이
달어 날랴고 했다.

푸른 도마뱀떼 같이
재재발렀다.

꼬리가 이루
잡히지 않았다.

힌 발톱에 찢긴
珊瑚보다 붉고 슬픈 생채기!

가까스루 몰아다 부치고
변죽을 둘러 손질하여 물기를 시쳤다.
이 앨쓴 海圖에
손을 싯고 떼었다.

찰찰 넘치도록
돌돌 굴르도록

회동그란히 바쳐 들었다!
地球는 蓮닢인양 옴으라들고…… 펴고……

___ 바다 9

잔잔한 파도가 해변으로 쉼 없이 밀려온다. 도마뱀 떼가 달려왔다 뒷

바다는 모든 생명을 탄생시키고 키우며 다시 거두기도 한다. 바다는 몸을 낮추어 자신에게 흐르는 모든 것을 포옹한다.

걸음치듯 끝없는 물이랑이 재재바르며 뭍에 부딪혔다 흩어진다. 아주 먼 곳에서부터 온 물이랑은 그 모습이 지쳐서 간신히 모래사장에 부딪치고 하얀 물보라를 일으킨다. 그래도 물이랑은 발톱을 세워 상처를 내고, 모래사장은 자신의 살점을 떼어주고 붉은 생채기를 얻는다. 바다는 모든 생명을 탄생시키고 키우며 다시 거두기도 한다. 모래사장은 어쩌면 자신의 살점을 어머니의 품으로 돌려보내는 것인지도 모른다. 바다는 몸을 낮추어 자신에게 흐르는 모든 것을 포옹한다.

육지는 흘러 바다에 이른다. 그리고 바다 속으로 자신의 전부를 던져 바다가 되려 한다. 그러나 바다가 되기 위해서는 자신을 온전히 소멸시켜야 한다. 바다가 되고픈 마음까지도 말이다. 그래야 비로소 육지는 바다가 된다. 바다가 되어 또 다른 대륙으로 이어간다.

바다는 그래서 육지의 또 다른 이름이다. 바다는 누군가의 그리움, 기쁨, 슬픔, 꿈 등이 도마뱀 떼처럼 파닥이며 때론 고래처럼 유유히 길을 횡단하는 이들의 여행지가 되고, 그곳이 또 다른 고향이 된다.

지용이 만든 해도에서 지구를 둘러싸고 있는 바다는 마치 지구를 받쳐 들고 있는 것 같고, 찰찰 넘치고 돌돌 구르는 물결을 따라 연잎처럼 오므라들고 펴지기도 한다. 생동감이 느껴지는 바다, 그 속에서 금방이라도 무슨 일이 생길 것 같은 묘한 감정을 품고 지용은 바다 속에 손을 넣어 본다. 지용은 그 깊이를 알 수 없는 무한한 신비의 지도 위에 자신의 꿈을 싣고 항해를 했으리라.

이 시를 읽으면 바다가 한 마리 뱀으로 맘속에 그려진다. 뱀이 바다라, 바다가 뱀이라. 왜일까. 지용의 시에서는 어디선가 가녀린 울음소리가 들리는 것 같은 청각적 심상을 느낄 수 있다. 그것은 노여움과 분노, 억울함이나 안타까움을 쏟아내는 애끊는 소리라기보다 도리어 노여움이나 억울함 같은 것을 마음속에 조용히 새기며 삭히는 내면의 울음소리이다. 그 소리는 들릴 듯 말 듯 낮은 소리로 진행된다. 마치 뱀이 혓바닥을 날름거리며 스삭스삭 몸뚱이를 움직이는 것 같이 파도가 일렁거린다.

바다를 푸른 도마뱀 떼에 비유한 이미지에는 날카로운 재치가 번득인다. 흰 발톱에 찢긴 붉고 슬픈 생채기도 매우 선연하다. '바다'와 '도마뱀떼'의 동일시, 나아가 '산호보다 붉고 푸른 생채기'를 파도에서 읽을 수 있는 지용의 상상력이 부럽다.

서늘옵기, 유리창에 어린 입김

정지용이 다닌 죽향초등학교로 향한다. 교정을 들어서면 오른편에 꿈나무 동산이 아담하게 꾸며져 있고, 그 끝에 구교사가 있다. 안으로 들어갈 수 없어 창문을 통해 안을 엿본다. 탁구교실이란 현수막이 교실

죽향초등학교로 이름이 바뀐 옥천 공립보통학교의 현재 모습. 정부의 지원을 받아 2006년 가을 새 단장을 했다.

에 걸려 있고, 탁구대가 덩그러니 놓여 있다. 창문은 귀퉁이가 깨져 있거나 뿌옇게 먼지가 쌓여 있어 나는 유리창에 가까이 다가가 안을 본다. 바람이 불어 덜컹거리는 유리창이 차다.

우리는 현대적, 도시적이라 말할 때 마음속에 차갑다는 느낌을 갖는다. 정지용의 시를 이야기할 때도 우리는 이러한 마음을 지니고 있다. 왠지 차갑게 느껴지는 도시적 냄새가 나는 시어와 절제된 감정의 표현이 그렇다. 그러나 서리 낀 차가운 유리창에 얼굴을 맞대고 있으면 시간이 지나면서 몸의 온기와 유리창의 차가움이 포근한 온도를 만들고 있음을 알 수 있다.

정지용의 시가 그렇다. 차갑게 느껴지는 그의 시가 마음속에 들어가서는 마냥 차갑기만 한 것이 아니다. 조금씩 몸을 포근하게 하기도 하고, 때로는 뜨겁게 감정의 포물선을 만들기도 한다. 〈유리창 1〉에서 나는 이런 느낌을 받는다.

琉璃에 차고 슬픈것이 어린거린다.

열없이 붙어서서 입김을 흐리우니

길들인양 언날개를 파닥거린다.

지우고 보고 지우고 보아도

새까만 밤이 밀려나가고 밀려와 부디치고,

물먹은 별이, 반짝, 寶石처럼 백힌다.

밤에 홀로 琉璃를 닥는것은

외로운 황홀한 심사 이어니,

고흔 肺血管이 찢어진 채로

아아, 늬는 山새처럼 날러 갔구나!

___ 유리창 1

문화원 건물 앞에 있는 〈유리창〉 시비. 어린 자식을 잃은 슬픔을 안으로 삭인 지용의 시 〈유리창 1〉은 '안으로 열하고 겉으로 서늘옵기를 바라'는 그 자신의 시작 원리를 실천한 예이다.

　　어린것을 잃은 부모의 심정을 이렇게 표현했다고 할 때, 겉으로 드러나는 시의 흐름은 너무나도 비정하다고 할 수 있을 것이다. 그 자신 북받쳐 오르는 슬픈 감정을 제어하고 유리창에 서린 입김을 지우는 심사가 외롭다는 것이다. '산새처럼' 날아가 버린 어린것을 기다리는 어버이의 심정으로는 극히 감정이 억제되어 있는 것은 '안으로 열하고 겉으로 서늘옵기를 바라'는 그 자신의 시작 원리를 실천한 예일 것이다.

　　지용의 유리창은 두 가지 의미를 갖는다. 그것은 외부와의 단절과, 유리창이 제공하는 시야의 유혹이다. 유리창 안에 있는 자는 외부의 공간으로부터 차단되지만 외부에 대한 유혹을 뿌리칠 수 없는 이중적 상황에 놓인다. 두 번째로 유리창이 가지는 안과 밖의 공간은 열린 하늘과 방 안에 있는 자의 깊이의 대조이다.

　　이미 유리라는 물질은 이중성을 지니고 있다. 유리는 빛

을 가지고 유혹하면서 물질을 통과시키지 않고 차단한다. 시인은 유리
창에 가까이 가 유리창 밖을 바라본다. '지우고 보고 지우고 보는' 시인
의 응시에 대한 의지는 별빛과 같은 바깥 세상에 대한 열망과 관계한
다. 그러나 시인은 다만 유리를 닦으면서 안에서 서성이는 자이다.

시인은 먼저 이 모순의 감정을 감각적으로 표현한다. '차고 슬픈 것'
에서는 감정적인 것과 감각적인 것을 결합시키고, '물먹은 별'에서는
촉감과 시각을 결합한다. 이러한 감각들의 결합 속에서 비로소 '외로운
황홀한 심사'의 모순 어법이 생겨난다. 즉 '차고 슬픈 것'에서 이지적
이면서 감정적인 슬픔이 묶여지고, '물먹은 별'에서는 내면의 눈물과
빛의 열망이 결합한다. 그러나 '외로운 황홀한 심사'에 가서는 슬픔과
황홀감을 뒤섞어 놓았다.

육지는 흘러 바다에 이른다. 파도는
오늘도 육지를 베어 문다

나는 견되랸다

옥천문화원 주위에는 지용의 동상과 두 개의 시비가 있다. 문화원은 동산 위에 있다. 먼저 문화원 입구에 세워진 〈유리창 1〉 시비를 둘러본 후 오르막을 천천히 올라가면 지용의 동상과 〈향수〉 시비를 만날 수 있다. 동상 옆에는 하늘에서 내려앉은 새가 솟대에 앉아 있다.

동상과 시비 주위엔 소나무가 작은 숲을 이룬다. 숲은 사람들에게 길을 내어준다. 산책을 하는 사람들이 간간이 놓여 있는 벤치에 앉아 쉬기도 한다. 지용의 동상 앞으로 옥천 시내가 내려다보이고 그 뒤의 산이 가깝게 병풍을 두르고 있다. 지용 동상 뒤 벤치에 앉아 산마루에 걸친 해를 바라본다. 해질 무렵에 부는 시원한 바람을 맞으며 어둑해진 소나무 숲의 아늑함 속에서 나는 〈장수산〉이란 시를 떠올린다. 비록 장수산은 아니지만 내가 이곳에서 장수산 속에 있어 고즈넉한 내음을 맘껏 마시고 있다면 과장이 심한 걸까?

이 시는 나를 깊은 겨울 산중으로 이끈다. 자연은 단순히 감각적 차원을 넘어서 형이상학적이고 선적이다. 인간의 의식마저 필요 없게 된다. 오직 사물만이 실재의 표지이다. 나는 사물이 지닌 생명력의 신비를 명상하는 데 만족을 느낄 뿐 자신을 잊어버리려 한다.

伐木丁丁이랬거니 아람도리 큰솔이 베혀짐즉도 하이
골이 울어 맹아리 소리 찌르렁 돌아옴즉도 하이 다람쥐
도 좇지 않고 뫼ㅅ새도 울지 않어 깊은산 고요가 차라리
뼈를 저리우는데 눈과 밤이 조히보담 희고녀! 달도 보름
을 기달려 흰 뜻은 한밤 이골을 걸음이란다? 웃절 중이

여섯판에 여섯 번 지고 웃고 올라 간 뒤 조찰히 늙은 사
나히의 남긴 내음새를 줏는다? 시름은 바람도 일지 않는
고요에 심히 흔들리우노니 오오 견듸랸다 차고 兀然히
슬픔도 꿈도 없이 長壽山속 겨울 한밤내 ―

―― 장수산長壽山 1

이 시는 뼈가 저릴 정도로 고요가 감싸고 있는 깊은 겨울 산의 정경
을 펼쳐 보이고 있다. '다람쥐도 좃지 않고 묏새도 울지 않'는 고요한
공간, 이것이 이 시의 배경이다. 이 커다란 공간 속에 위치한 모두 고요
와 부동! '아람도리 큰솔이 베혀'지는 소리도 이러한 고요와 부동의 세
계를 부각시킨다.

'벌목정정'의 '정정'이 중의적으로 드러내는 의성어 '정정'이나 '찌
르렁'이라는 소리는 깊은 산을 흔들기에 앞서 화자의 내면을 울린다.
이 소리는 산정에서의 고요에 살이라도 찌르듯 들려오는 금속성의 뾰
족한 소리와 연관된다. 하지만 소리는 깊은 산중의 고요를 더욱 확인시
켜줄 뿐이다. 종이처럼 하얗게 고독을 드러내는 겨울 산의 눈과 밤은
'뼈를 저리우는' 고요 속에서 화자의 깊은 외로움을 드러낸다.

이 시는 내부에 겨울 산의 적막한 한기와 고요와는 달리 상대적으로
커가는 내면의 흔들림을 감추어 놓고 있다. 그것은 미세한 감정의 변화
를 보이면서 다음 시구에서 의문형을 만들어낸다. '달도 보름을 기달려
흰뜻은 한밤 이골을 걸음이랸다? …… 조찰히 늙은 사나히의 남긴 내음
새를 줏는다?'라는 질문은 외로움을 가까스로 진정시켜 생각에 자리를
마련해 주면서도 완전하게 단정 짓지 못하는 의문으로 남는 내적 갈등
을 드러낸다.

이 시를 읽을 때면 겨울 깊은 산중의 산사에서 두 명의 중이 바둑을

두는 모습이 떠오른다. 뼈가 저릴 정도로 고요한 깊은 산속에서 바둑알을 놓는 소리에 '벌목정정' 소나무가 베어지는 것 같은, 소리 나는 한 폭의 산수화가 그려진다.

여섯 판을 지고 속으론 화가 날 만도 한데 환하게 웃으며 절로 올라가는 중의 모습에서 구도의 자세를 배운다. 고요와 부동의 자연 속에서 흔들리고 있는 두 중이 터득한 구도의 경지는 자연과 하나가 되는 것이다.

'시름은 바람도 일지 않는 고요에 심히 흔들리우노니 오오 견듸랸다 차고 찰연히 슬픔도 꿈도 없이' 는 고요 속에서 미세하게 흔들리는 시름을 드러내면서 차가운 정신의 긴장 상태를 보여준다.

나는 견딘다는 말을 다시 생각한다. 견디는 것은 의식한다는 것이요, 내면이 심하게 흔들린다는 것이다. 이것은 끊임없이 근심을 풀어놓는 인간의 한 모습일 것이다. 근심을 내어 놓고 그것을 견디고, 이 끊임없는 내면의식의 반복에서 나는 나를 의식하고 이 고요한 자연의 풍경 속

문화원 옆 〈향수〉 시비와 지용상이 있는 동산. 지용상과 시비 주위엔 소나무가 작은 숲을 이룬다. 숲은 사람들에게 길을 내어준다. 사람들은 숲에서 고단한 하루를 위로 받는다.

에서 나를 도드라지게 한다.

　자연은 견디지 않는다. '정정' 큰 솔이 베어지는 듯한 소리도 메아리로 돌려보내듯 자연은 자신 안에 흔들림을 흐르는 대로 흘려보낸다. 그것이 그대로 자연이다. 자연의 그러한 행위에는 어떤 의식이 존재하지 않는다. 의식하지 않고 이끄는 대로 흘러가는 것. 이것을 견딘다고 말하는 것은 인간의 의식일 것이다. 이 시에서 견딘다고 말한 것은 자연 안에 있지만 자연이 되지 못한 인간의 의식에서 나온 말일 것이다.

시 향기 가득한 숲을 거닐다

　동상을 지나 길을 따라 내려가면 언덕길이 나온다. 이 길 한 벽면에 지용의 시들이 벽화처럼 돌에 새겨져 있다. 벽에 손가락을 대고 천천히 걸어가다 보면 일정한 간격으로 지용의 시를 만날 수 있다. 한 편의 시를 음미하면서 다음 시가 있는 곳까지 걸을 수 있을 정도의 간격으로 떨어져 있는 이 거리는 정지용을 만나러 가는 길이기도 하면서 마음의 입구로 들어가는 통로이기도 하다.

　지용의 〈호수〉란 시는 마음으로 들어갈 수 있는 길을 보여주는 시다.

　　얼골 하나 야
　　손바닥 둘 로
　　폭 가리지 만,

보고 싶은 마음
湖水만 하니
눈 감을 밖에.

___ 호수 1

눈을 감는 행위는 내면세계의 입구로 들어가는 통로 역할을 한다. 그것은 사물의 시간으로 내려가는 것이며, 그 시간은 몽상의 현실을 소화하는 시간이다. 눈을 감음으로써 비로소 열리는 내면의 세계.

이 시는 내면의 공간을 침묵의 공간으로 전달하고, 부질없는 감상으로 메워 버리지 않는다. 언어의 전달은 너무도 빠른 속도로, 또 너무나 쉽게 전달되기 때문에 나의 마음이 그것을 음미하기 위해서는 시간이 필요하다. 이 시에서의 생략법이 우리를 일깨우는 것은 이러한 사실일 것이다.

지용상 앞으로 난 길을 따라 내려가면 길 한 벽면이 지용 시로 새겨진 시 향기 가득한 거리를 만날 수 있다.

그리운 마음의 절절함과 애틋함을 간결한 언어로 표현하면서 생략된 언어 안에 울리는 물이랑은 나로 하여금 내면의 깊은 호수 속으로 들어가 수없이 많은 상상의 세계를 보도록 이끌어 준다.

해는 졌어도 아직 남아 있는 여명을 가로등 삼아 길을 걷다 보면 시의 길은 발로만 걷지 말고 마음으로 함께 걸으라고 속삭인다. 발로만 걸으니 마음속에 혼란이 있지 않았느냐고 물으며 지금부터는 마음의 길을 걸어보라고 한다.

시 향기가 가득한 숲을 거니는 듯하다. 시가 좋다는 것은 나로 하여금 진정한 호흡을 하게 한다는 것이다. 지용은 살아 있는 언어의 생명력과 생동감을 마음으로 호흡하게 도와준다. 그리고 지용의 시는 생동감 있게 꿈틀거리면서도 절제된 언어로써 자연의 이치와 우리의 내면을 들여다보기를 제안한다. 나는 달고 맛있는 영혼의 공기를 마시며 숲을 나선다.

| 오장환 |

한나절 나는 향수에 부다끼었다

송지선

명멸하는 기억은 불안하다.
있던 것들 사라지고
없던 것들 생겨나는
경계를 지우는 그리움을 보아라
선뜻한 바람이 눈을 씻어주리라
되살아나는 피안의 세계가
너를 존재케 할지니

산속의 섬을 보다

검은 아스팔트, 초록 이정표에 흰 글씨. 우리나라 도로는 유니폼을 입고 있다. 주5일제 근무와 네비게이션으로 여행은 이제 본인 의지에 따른 선택사항이 되었다. 거기가 거기 같은 길들의 행진은 신선함을 줄 수 없겠지만, 계절따라 시시각각 카멜레온이 되는 자연은 우리의 전신을 민트처럼 화하게 한다. 달리는 차창 밖으로 손을 내밀어 보라. 인기가수 비가 울고 갈 정도로 나의 손 세례를 받으려 바람이 몰려올 것이다. 폐부가 팽창되고 가슴이 벅차오를 것이다. 그제야 여행은 시작된다.

목적지는 충북 보은군 회북면 중앙리 140번지. 그곳에는 시인 오장환의 생가가 있다. 오장환은 서정주, 이용악과 함께 1930년대의 천재시인으로 문단의 호평을 받았던 인물이다. 그는 열아홉의 나이에 첫 시집 《성벽》을 냈으며, 삼십이 되기 전 《헌사》, 《나 사는 곳》, 《병든 서울》 등의 창작시집과 역시집 《에세닌 시집》을 출간했다.

서울 종로에서 서점을 운영하던 오장환은 서정주의 첫 시집 《화사집》을 내주기도 하였고, 서정주는 오장환에 대해 시를 쓰기도 하였다. 두 시인은 단지 동시대의 인물이었을 뿐 아니라 돈독한 친분이 있었던 관계였다. 출발은 같았으나 사상은 달랐던 서정주와 오장환. 사상이나 신념이 운명을 대신하던 시대였기에 예술가로서 그들의 삶은 극명한 차이를 보인다. 한쪽은 남에서 롱런하는 시인이 되고, 다른 한쪽은 북에서 요절해버린 시인이 되었다. 피어나기 전에, 태어나기 전에, 만나기 전에 하직한 것은 외려 존재하는 것보다 선연한 그리움으로 더 오랜 생을 사는 법.

오장환의 시가 마련해 준 특별한 여행이어서일까. 설렘보다 초조함이 앞선다. 그의 고향은 오장환의 정신에 오래오래 자양분이 되었을 것이다. 그런데 어설픈 심미안으로 아무 것도 보아오지 못하면 어쩌나, 내 좁고 얕은 사유가 그의 고향과 소통하지 못하면 어쩌나, 걱정이 서린다. 일상에 여유가 있어 시간의 갈피마다 서정과 사색이 깃들 수 있다면 좋으련만 일상은 블랙홀처럼 그것들을 모조리 흡수해 버린다.

늦은 저녁 퇴근길, 서른이 되기 훨씬 전부터 김광석의 〈서른 즈음에〉를 청승맞게 흥얼거렸다. '내가 떠나보낸 것도 아닌데, 내가 떠나온 것도 아닌데…… 또 하루 멀어져 간다. 매일 이별하며 살고 있구나.' 어느 날부턴가 이 노래가 내 삶의 거울로 다가왔다. 낯선 꼬마가 "아줌마!" 하고 부를 때, "어머나!" 하며 홀연히 서늘해진 가슴을 쓸어내려야 했다.

오장환의 고향에 이를 때까지 산등성이를 따라 쉼 없이 이어지는 급커브 길. 굽이굽이 설레임과 울렁임이 춤을 춘다.

저만큼 어렸을 적엔 아줌마라는 존재가 따로 있는 줄 알았다. 그 이름 앞에 먼 산 바라보기를 수차례, 세월은 움켜쥘수록 달아나는 모래처럼 걷잡을 수 없었다.

무언가로 향함이 아닌 무언가를 지나침. 흘리거나, 두고 오거나, 잊어버리거나. 석연치 않은 마음을 다독거렸다. 창밖엔 며칠째 눈이 오는데 책상 위 달력은 만산홍엽의 오색찬란한 가을을 가리키고 있었다. 내가 가을을 떠나보냈나? 떠나왔나? 참 많은 것들과 이별했구나. 이리 각박해진 가슴을 갖고 어찌 오장환의 순수와 마주할 수 있을까. 오장환은 문학을 위한 문학이 아닌, 인생을 위한 문학이어야 한다는 신념을 갖고 있었다. 그리하여 그는 시대의 어둠 속에서도 '신뢰할 만한 현실'을 갈구했으며, 작품 곳곳에는 이러한 현실의 부재에서 오는 절망과 희망의 몸부림이 담겨 있다.

전주에서 출발하여 완주군에 위치한 대둔산을 넘고, 지금은 보은군에 위치한 속리산을 향한다. 오장환의 고향에 가려면 저 속리산 봉우리 중의 하나를 넘어야 한다. 두 산 모두 급경사에 급커브가 많아 운전하기가 퍽 까다롭다. 아무리 차로 오르고 내린다 하지만 그 높이 또한 만만치 않다. 연속 두 산을 넘으려니 산소량과 기압차에 벌써부터 노곤하다. 귀가 먹먹하고 현기증이 일어난다. 연속되는 저 S라인, 어지럽다. 요즘은 S라인을 가진 여자 연예인이 대세라던데 산에게 청해본다. 나에게도 S라인 하나만 다오.

아득히 이어지는 구불구불 산길이 끝날 무렵, 마을이 신기루처럼 나타난다. 드디어 오장환의 고향 회북에 이른 것이다. 나갈세라 들어올세라 산과 산이 어깨를 둘러메고 마을을 안고 있다. 산속의 섬. 마을은 작고 적요하다. 쇠락한 오랜 물상들이 버짐처럼 피어 있다. '새마을 상회'의 'ㄹ' 활자가 어느 날 태풍에 날아가 버리고, 은색 새시엔 텁텁한 금색

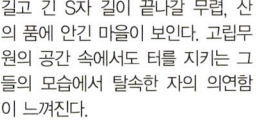

길고 긴 S자 길이 끝나갈 무렵, 산의 품에 안긴 마을이 보인다. 고립무원의 공간 속에서도 터를 지키는 그들의 모습에서 탈속한 자의 의연함이 느껴진다.

녹이 자리를 폈다. 금 간 시멘트 벽이며, 원색에 회색을 덧칠한 듯한 간판들이 이제는 멈춰버린 할아버지의 낡은 회중시계 같다.

나른한 바람이 분다. 산속 섬마을에 출렁, 잔물결이 인다. 한철 푸른 채소들의 모태였을 비닐들이 수초 마냥 하늘거리고 있다. 바다 깊은 곳의 흐름이 이러할까. 사위를 둘러싼 산들 속에 시간의 섬이 있다.

초등학교 친구를 만나다

마을은 2차선을 따라 양옆으로 형성되었다. 그 길 가장자리엔 철물점, 양품점, 양복점, 양화점, 양조장, 여인숙, 쌀집, 닭집 같은 점방들이 빛바랜 옛 사진첩의 희미한 추억처럼 늘어서 있다. 조용하고 조붓한 골목 골목을 걸으며, 눈길이 닿는 곳마다 그의 잔상을 그려본다.

깊은 산 골짜구니에
숯굽는 연기,
구름과 함께 사라지다
구름과 함께

얕은 집 울안에
장때를 들어 과일 따는 어린애
날마다 사다리 놓고
지붕 우에 올라 가드니

홍시 찍어먹는 가마귀, 검은 가마귀가

소년을 부른다.

무서리 나린 지붕 우에

멀고 먼 하늘이 있다

구름이 있다.

___ 첫서리

이 시에는 평화로운 유년의 고향 마을의 정경이 담겨 있다. 첫서리를 맞은 홍시가 익어 갈 무렵, 먼 하늘 아래로 숯 굽는 연기와 구름이 옛 노래처럼 시나브로 흘러간다. 흐르기 위해선 바람이 필요하다. 바람결에 머리카락을 쓸어 올릴 때 사색의 여울이 출렁인다. 바람은 '장때를 들어 과일 따는 어린애'를 '소년'으로 흘러가게 한다. '얕은 집 울안에서' 감나무를 올려다보던 어린애가 이제는 '먼 하늘 구름'을 동경하는 소년이 된다.

유년 시절 지붕 위에 올라 감을 따려 했던 목적은 감 그 자체가 아니었음을 오늘 비로소 느낀다. 지금 생각하니 감이 아니라 지붕 위의 구름과 하늘을 따고 싶었던 것이다. 어른이 되어 바라보는 지금, 하늘과 구름은 그때 모습 그대로이다. 그러나 나, 아니 어른들은 장대를 들고 지붕 위에 올라가 결코 감을 따지 않는다. 하늘과 구름은 예전 그대로인데 그 무엇이 흘러나와 우리를 변하게 만들었나? 지붕 위에 올라가기를 주저하지 않던 그 시절 까마귀가 부르는 소리를 나는 듣지 못했다. 지금은 까마귀가 까악까악 애처롭게 부르는 소리가 경적이나 다름없다. 그때와 마찬가지로 까마귀는 어른이 아닌 동심을 지닌 소년을 부르지만.

집집마다 사연을 지닌 감나무들이 홀가분한 몸으로 찬바람을 맞고

어린 오장환이 늦가을이면 감을 따기 위해 고개를 한껏 젖히고 장대질을 했을 생가 주변 감나무. 지금은 유년의 그를 기억하는 유일한 존재이다.

있다. 저 세월의 키만큼 시간의 문턱을 훌쩍 넘어 유년의 그를 기억하리라. 우연히 만난 초등학교 친구가 "너 기억 안 나? 네가 그때 그랬잖아." 하며 기억을 툭 건드렸을 때, 아스라이 멀어져간 순수의 시간이 함박웃음을 터트린다. 그처럼 감나무는 순수했던 어린 시절을 기억하고 있는 초등학교 친구와 같다. 가지를 어루만지면 도란도란 그의 순수를 들려줄 것만 같다. 오장환을 아는 이가 없는 이곳, 오래된 키다리 감나무의 존재가 더없이 반갑고 서럽다.

영화 〈박하사탕〉에는 시간의 역행이 있다. 기차가 달려오는 철로 위에서 주인공이 "나, 돌아갈래!" 절규하는 목소리가 이내 기적 소리에 묻혀버린다. 달려오는 기차나 흐르는 시간을 저지하는 것은 사람에겐 불가항력이다. 그러기에 주인공은 다른 곳도 아닌, 철로 위에 섰을 것이다. 돌아갈 수 없다는 걸 알면서 꿈을 꾸어보기로 한다. 그의 과거와 조

회인초등학교를 향해 뛰어가는 생기
발랄한 아이들. 아이들의 순수함은
열려있는 모든 곳을 향해 달려간다.
초등학생 시절 오장환의 한순간을
보고 있는 듯하다.

우하는 꿈. 연어가 물길을 거스르듯 유유히 시간을 거스를 수 있을 것
이다.

활기라곤 찾아볼 수 없는 면 소재지 중앙에 위치한 회인초등학교. 허
름한 교문 위에 '회인초등학교 100주년 기념' 플래카드가 홀로 바람에
몸을 흔든다. 어린 오장환이 처음 학교에 발을 내딛었을 때 어떤 꿈으
로 가슴이 부풀었을까? 맑고 투명한 설렘이었으리라. 경사로 위에 세
워진 교문과 양 옆의 돌담이 동구 밖까지 마중 나온 어머니의 치마폭처
럼 정겹다.

학교 진입로까지 이어진 돌담들이 퍽 이색적이다. 소박하게 만들어
놓은 돌담이어서, 한 번 까치발을 하면 툇마루가 보이고 두 번 까치발
을 하면 집주인의 개성과 철학이 보인다. 일정한 크기의 납작돌을 서
로서로 물리게 켜켜이 쌓은 폼이 무척 진기하다. 그렇게 막돌로 쌓은
돌담들은 대부분 잔돌이나 흙, 지푸라기로 틈새기를 메워 담의 응집력

을 높이는데, 이곳의 돌담은 오롯이 납작한 돌로만 쌓았음에도 무척 견고하다. 담에 붙어 서서 연신 셔터를 눌러대는 내게 지나가던 동네 아주머니가 한마디 일러주었다. 이 돌들은 다 저 산에서 지게로 끌어온 것이라고. 돌 속에 금가루가 스며 있어서 옛날엔 귀하게 여겼던 것이라고. 바다로 고립된 제주도가 독특한 화석 돌담으로 영롱하듯, 산으로 고립된 이 마을엔 다른 지역보다 훨씬 운치 있는 돌담을 자랑하고 있다.

회인초등학교에 들어선다. 겨울방학을 맞아 텅 빈 운동장에 바람만이 그네를 타고 있다. 어린 오장환의 꿈의 흔적들을 추적한다. 100년의 누적된 시간 앞에 존재의 미미함이 느껴지지만, 그 언젠가 보물찾기를 하다 끝내 찾지 못한 쪽지를 발견하려는 듯 나만의 스탬프를 찍어 본다.

교정의 마른 꽃대, 앙상한 나뭇가지, 물기 없는 도랑이 봄을 만나 싱싱한 기운 뿜어내던 푸르른 어느 날 그의 유년과 해후한다. 수업시간 교실 유리창 너머로 교정을 훔쳐보며, 복도를 뛰어다니며, 동무들과 머리를 맞대고 글을 읽으며 시심을 키웠을 꿈의 흔적들이 바람의 손기척에 오랜 부동을 깨고 기지개를 켜며 일어난다.

슬픔에게 길을 묻다

오장환만큼 고향에 대해 시를 많이 쓴 사람도 드물다. 고향에 대한 그리움의 양은 고향을 떠나 온 시간의 양과 비례할 것이다. 그를 고향에서 밀어낸 건 전통이라는 이름의 해묵은 관습이다.

내 성은 오씨. 어째서 오가인지 나는 모른다. 가급적으
로 알리워주는 것은 해주로 이사온 일청인이 조상이라는
가계보의 검은 먹글씨. 옛날은 대국숭배를 유ー 심히는
하고 싶어서, 우리 할아버니는 진실 이가였는지 상놈이
었는지 알 수도 없다. 똑똑한 사람들은 항상 가계보를 창
작하였고 매매하였다. 나는 역사를, 내 성을 믿지않어도
좋다. 해변가으로 밀려온 소라 속처럼 나도 껍데기가 무
척은 무거웁고나, 수통하고나, 이기적인, 너무나 이기적
인 애욕을 잊을랴면은 나는 성씨보가 필요치 않다. 성씨
보와 같은 습관이 필요치 않다.

———— 성씨보

　　오장환의 슬픔은 그가 서출이라는 데서 출발한다. 이 태생적 슬픔이
그의 인생 행로를 결정지었을 뿐 아니라 시의 경향에도 큰 영향을 미친
다. 신분 때문에 겪었던 서러움은 '성씨보와 같은 습관', 낡은 전통을
파기하고 싶었다. 그런 제도로 인간의 신분이 구분되는 것에 강한 거부
감이 일었고, 평등 사회를 지향하는 진보사상에 관심이 기울었을 것이
다. '가계보의 검은 먹글씨' 때문에 음지에 앉아 있는 소년 오장환의
모습이 보인다. 억압할수록 주눅 들지 않고 질풍처럼 일어설 때를 기다
리는 게 시인이다. 그는 '나는 내 역사를, 내 성을 믿지 않어도 좋다.' 는
선언으로 전통을 거부해 버린다. 자신의 가계보를 통해서 족보 창작과
매매 행위를 통렬히 비판하는 데서 전통에 대한 강한 거부감이 전해진
다. 또한 단정적 어조가 그 분위기를 고조시키고 있다.
　　늙으신 어머니가 홀로 계시지만 성씨보가 족쇄가 되는 고향을 떠난
다. 소년 오장환은 내가 차를 타고 헐떡거리며 올라온 멀고 먼 산길을

고개를 숙인 채 터벅터벅 내려갔을 것이다. 슬픔에 찌든 어머님의 얼굴에 주저앉게 될까봐 두려워서 뒤도 보지 못하고. 때론 그 사람의 앞모습보다 뒷모습이 그의 실체와 진실에 더 가까울 때가 있다. 단 한 번 돌아보지 못하는 자식의 등이 한스러워 어머니는 온몸으로 펑펑 울었을 것이다. 그날, 고향을 등지고 내려간 굽이굽이 산길은 굴곡 많은 그의 인생길을 예시했다.

바람이 분다. 나뭇잎의 비명이 아직 꽃은 멀다한다. 어머니는 떠난 자식을 기다리며 쓸쓸히 고향집을 보전했다. 회인초등학교와 멀지 않은 그의 생가를 찾아가 본다. 아직 손님 맞을 채비가 안 된 탓일까. 고향집이 낯가림을 하며 덩그러니 놓여 있다. 오라는 길도 닦여 있지 않다. 불청객처럼 성큼성큼 걸어가 마루에 앉아 본다. 모두가 새것이다. 오장환의 삶을 증명하는 처소로서 시간의 무게와 바람의 자취를 느끼고 싶었지만, 때깨 하나 없는 그의 생가가 외려 섭섭하다. 잔잔한 저물녘 어린 아들의 저녁을 챙기는 어머니의 호명 소리가 멀어진다.

그의 생가 오른편 언덕 위엔 오장환 문학관이 있다. 마을의 기품을 담아낸 듯, 시인의 짧은 이력을 담아낸 듯, 작고 아담한 규모이다. 문을 열고 들어서면 반듯한 인상의 오장환 초상이 우리의 인사를 받는다. 그

생가 건립에 맞춰 세워진 오장환 문학관. 문학관 뒤로 저녁 연기가 피어오르고 있다.

가 쓴 동시부터 북한에서 출간된 《붉은 기》의 시편들까지 오밀조밀하게 자리를 잡고 있어 오장환의 시 세계를 알 수 있다. 손가락 터치만으로 작동이 되는 그의 생애와 시 영상은 방문객의 눈길을 잡아끈다. 특히 "그의 어릴 적 별명이 돌멩이였다는, 늙어서 얻은 아들이라 돌멩이처럼 오래 살라고 그의 부모가 지어줬다"는

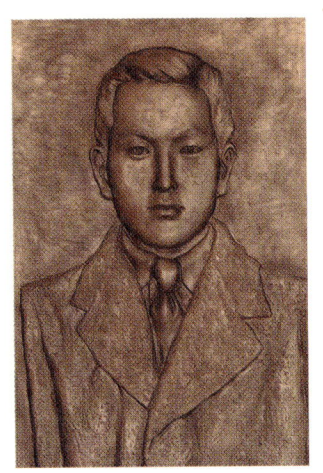

문학관을 들어서면 오장환 초상이 우리의 눈인사를 받는다. 야무진 얼굴선에서 삶을 결정짓는 순간에 주저하지 않는 그의 단호한 성품이 엿보인다.

회인초등학교 동창인 최영성 노인의 증언은 오장환이 여기에서 실제 존재했음을 느끼게 해 준 반갑고 소중한 기록이다. 그만큼 고향은 오랫동안 오장환을 잊고 지냈다. 옥천에서 정지용의 체취를 만끽하고, 보은에 들러 오장환과 담소하고 가는 여행 코스는 훌륭한 시인들과의 만남을 보장하는 여정이 될 것이다.

직업소개에는 실업자들이 일터와 같이 출근하였다. 아모 일도 안하면 일할 때보다는 야위어진다. 검푸른 황혼은 언덕 알로 깔리어오고 가로수와 절망과 같은 나의 기-ㄴ 그림자는 군집의 대하에 짓밟히었다.

바보와 같이 거물어지는 하늘을 보며 나는 나의 키보다 얕은 가로수에 기대어 섰다. 병든 나에게도 고향은 있다. 근육이 풀릴 때 향수는 실마리처럼 풀려나온다. 나는 젊음의 자랑과 희망을, 나의 무거운 절망의 그림자와 함께, 뭇사람의 우슴과 발길에 채우고 밟히며 스미어오는 황혼에 마껴버린다.

······ (중략) ······

고향이어! 황혼의 저자에서 나는 아릿다운 너의 기억을 찾어 나의 마음을 전서구와 같이 날려보낸다. 정든 고

삿. 썩은 울타리. 늙은 아베의 하—얀 상투에는 몇 나절의
때묻은 회상이 맺어있는가. 욱어진 송림속으로 곱—게 보
이는 고향이어! 병든 학이었다. 너는 날마다 야위어가
는……

…… (중략) ……

___ 황혼

고향을 떠난 오장환은 항구와 도시를 전전하며 부평초와 같은 삶을
산다. 이렇다 할 생활이 없는 룸펜. 그의 삶은 신산했다. 오·장·환,
이름 석 자밖에 더 이상 할 말 없는 그의 명함은 어머니의 낯처럼 쓸쓸
했다. 1930년대 우리나라는 경제공황으로 인해 실업자들이 급격히 증
가하였다. 그들은 또 하루의 무위한 날을 보내고 절망의 멍에를 쓴 채,
'검푸른 황혼'에 잠식되었다. 삶의 생기가 흐무러질 때 도둑처럼 향수
가 찾아오면, 타향에서의 제 모습은 더욱 야위어 보인다.

오장환의 산문 중 〈제7의 고독〉에 이런 말이 있다. '쓸 데 없는 생각
에 잠을 이루지 못하고 책장을 뒤적이다 보면 흔히 기적 소리를 듣는
다. 그 세대에 가장 민감하다는 시인으로서 책상 앞에 가벼운 애상과
고독을 초대해 놓고 슬픔과 고독만을 노래함은 옳은 일일까.' 〈The
Last Train〉은 아마도 그런 기적소리가 들리는 불면의 시간에 작시되었
을 것이다.

저무는 역두에서 너를 보냇다.
비애야!

개찰구에는

현실은 메마르고 황량하
다. 오장환은 검푸른 황혼
속에서 고향과 어머니를
그리워하며 절망과 고독
에 매몰되곤 했다. 삶을
마감하는 날까지 그의 하
늘엔 먹구름이 가시질 않
았다.

못쓰는 차표와 함께 찍힌 청춘의 조각이 흐터저 잇고
병든 역사가 화물차에 실리여 간다.

대합실에 남은 사람은
아즉도
누궐 기둘러

나는 이곳에서 카인을 맛나면
목노하 울리라.

거북이여! 느릿느릿 추억을 실고 가거라
슬픔으로 통하는 모든 노선이
너의 등에는 지도처럼 펼처 잇다.

———— The Last Train

    어제 날짜가 찍힌 차표를 들고 힘없이 기대고 있는 오장환이 있다. 개찰 시 찍혀 떨어진 차표 조각이 '청춘의 조각'이 되어 역사에 흩어져 있다. 조각난 청춘은 무력하다. 억압으로 얼룩진 민족 현실에 어떤 대응도 할 수 없었던 비애에 찬 한숨 소리가 'The Last Train'을 가득 메운다. 식민지 현실을 '병든 역사'로 진찰하고도 속수무책 화물차에 실어 보낼 수밖에 없는 무기력한 지식인의 초상화가 그려진다.

    일제의 만행이 활개를 치던 시절엔 지은 죄 없이 죄인이 되었다. 뼈저린 시대의 부조리를 묵과하는 지식인으로서 '카인을 만나면 / 목노하 울고' 싶었다. 인류 최초의 살인자라고 기록되어 있는 카인은 끝내 속죄하지 못한 채 보복의 칼이 두려워 늘 여기저기 도망 다녔다. 극악무도한 일제의 칼 밑을 기는 자신의 죄의식은 카인과의 동질감을 낳았다.

　시인은 '병든 역사'를 싣고 가는 '화물차'가 '거북이'이길 바란다. 비록 '병든 역사'나 그 시간 속엔 그리운 옛 추억도 스며있기에, 자꾸 유보하고 싶은 마음은 '거북이'를 부른다. 거북이 등에 나 있는 금과 노선의 중첩이 신선함을 준다. 모든 노선이 슬픔을 향하는 데 청춘인들 무슨 소용이 있으랴. 제발 슬픔으로 가는 노선의 마지막 기차가 되어다오.

　　　　팔월 십오일 밤에 나는 병원에서 울었다.
　　　　너희들은, 다 같은 기쁨에
　　　　내가 운 줄 알지만, 그것은 새빨간 거짓말이다.
　　　　일본 천황의 방송도,
　　　　기쁨에 넘치는 소문도,
　　　　내게는 고지가 들리지 않았다.
　　　　나는 그저 병든 탕아로
　　　　홀어머니 앞에서 죽는 것이 부끄럽고 원통하였다.
　　　　　　　　…… (중략) ……

　　　　병든 서울, 아름다운, 그리고 미칠 것 같은 나의 서울아
　　　　네 품에 아모리 춤추는 바보와 술취한 망종이 다시 끓어도
　　　　나는 또 보았다.
　　　　우리들 인민의 이름으로 씩씩한 나라를 세우랴 힘쓰는 이들을……
　　　　그리고 나는 웨친다.
　　　　우리 모든 인민의 이름으로

우리네 인민의 공통된 행복을 위하야

우리들은 얼마나 이것을 바라는 것이냐.

아, 인민의 힘으로 되는 새 나라

팔월십오일, 구월십오일,

아니, 삼백예순 날

너는 죽기가 싫다고 몸부림치면서 울겠다.

너희들은 모도다 내가

시골 구석에서 자식땜에 아주 상해버린 홀어머니만을 위하야

우는 줄 아느냐.

아니다, 아니다, 나는 보고 싶으다.

큰물이 지나간 서울의 하늘이……

그때는 맑게 개인 하늘에

젊은이의 그리는 씩씩한 꿈들이 흰 구름처럼 떠도는 것을……

…… (중략) ……

___ 병든 서울

　　1945년 광복의 깃발이 파도로 넘실대는 서울. 2002년 우리나라가 월드컵 4강에 들었을 때와 같은 광란과 열광으로 서울은 북새통이었을 것이다. 예기치 못한 해방이기에, 이날을 위해 준비한 '노래'도 없이 그저 '만세' 함성만이 쩌렁대던 8월 15일. 오장환은 병상에서 해방을 맞이한다.

　　'큰 물이 지나간 서울 하늘', '맑게 개인 하늘'이 보고 싶어 병원에서 뛰쳐나간 그에게 비친 서울은 실망스러웠다. 오장환은 일제강점기 우리의 말과 글이 무력할 때, 정신까지 썩지 않으려 시에 매달려 발버둥

쳤다. 그는 '불로소득을 즐기고 책임 없는 비난을 일삼던 인간 최하층
의 생활을 하면서도 자신이 아주 구할 수 없는 곳에까지 이르지 않았던
것은 천만다행으로 시를 영위하였기' 때문이라고 말했다. 암울한 시대
의 수렁에서 그를 건져 올린 건 바로 시의 힘이었다. 친일 문학인들은
다투어 민족문학을 부르짖고, 정치인들은 정당을 구성하는 데 혈안이
되어버린 병든 서울. 그러나 오장환은 그곳에서 희망의 언어를 발견한
다. '인민의 힘으로 되는 새 나라'. 그는 '슬픔에 질척어리는 눈'과 '비
굴에 문드러진 쓸개'를 팽개치고, 이상을 위하여 갱생을 다짐한다. 하
지만 현실에 대한 불신과 행동에 대한 지향은 그에게 삼팔선을 넘어 북
으로 가는 'The Last Train'에 올라타도록 한다.

가도 가도 고향뿐이다

　　남북한의 대립은 오장환을 월북시인이라 낙인찍은 채 40여 년을 어
둠의 수용소에 감금시켰다. 그렇게 눈과 귀를 닫아야 했던 암흑의 시간
은 오장환에 대한 기억마저 말소시켰다. 그의 고향도 입을 다물어 버렸
다. 해금이 되고도 한참의 시간이 흘러 옛 동무들마저 이미 생을 다하
고 떠났을 때, 오장환은 비로소 귀향할 수 있었다.
　　저 멀리 이제야 어머니의 품으로 돌아오는 그의 모습이 보인다. 춥고
거친 세상, 시든 몸 이끌고 찾아가고 싶던 아랫목 같은 고향의 품으로.
꿈같은 아들의 귀향에 그렁그렁 눈물 맺힌 어머니가 마당에서 제일 큰
씨암탉을 찾아 나선다. 바람이 분다. 먼 데 반가운 손님이 찾아온다고

빛도 잃고, 다리 밑에선
푸른 곰팡이가 번지는데,
언제부터 저렇게 세월을
비켜 있었을까. 산속의
섬, 쇠락해진 회북마을.
시간을 초월해 누군가를
하염없이 기다려 온 빈
의자

까치 소리 낭자하다.

> 가도 가도 붉은 산이다
> 가도 가도 고향뿐이다.
> 이따금 솔나무 숲이 있으나
> 그것은
> 내 나이같이 어리고나.
> 가도 가도 붉은 산이다.
> 가도 가도 고향뿐이다

___ 붉은 山

일제는 자국의 이익을 위해 무분별한 벌목을 감행하였고, 그로 인해 우리의 산은 황폐화되었다. '이따금' 솔나무 숲에서 그 정도를 짐작할 수 있다. 당시 헐벗은 게 어디 산뿐이겠는가. 일제의 착취로 고향은 더욱 피폐했다. 그러므로 '붉은 산'은 '고향'의 다른 이름이다. 7행으로 된 전체 시에 4행에 걸친 '가도 가도'라는 반복 어구는 그리움의 깊이를 전한다.

위 시를 지을 적 오장환의 나이만큼 어리던 소나무가, 이젠 그의 우렁하고 씩씩한 노래만큼 자라 제법 너른 잔설을 이고 있다. 태생적 슬픔은 오장환을 고향에서 밀어냈다. 하지만 그곳에는 서글픈 어머니가 있었고, 어머니에 대한 사무친 그리움은 시가 되었다. 오장환은 지병인 신장병으로, 울어주는 사람 없는 모스크바에서 생을 마감했다. 서른네 해 그의 짧은 생애는 타향에서 힘없이 사그라진다.

달빛 위를 걷다

사방을 산들이 에워싼 마을이라 제대로 터를 잡은 땅뙈기가 드물지만, 무심한 자세로 고향을 지키며 살아가는 이웃들의 모습에서 인적 드문 산사의 경건함이 느껴진다. 어디선가 목탁 소리가 들릴 듯도 하다. 산은 말이 없지만, 사람들은 그곳에서 소박한 삶의 먹거리를 건지고 명상에 잠기고 삶의 지혜를 배운다.

저물녘, 산 그림자로 인해 사위는 빠르게 어두워져 가고 전신주의 외등 하나가 힘겹게 어둠을 밀어내고 있다. 시간을 거스르는 연어가 되어 한나절 충북 보은군 회인마을을 휘적휘적 유영하였다. 느림이 지속되는 섬의 아늑함 때문인지 나도 모르게 일상의 모든 과제를 유예시켜 버렸다. 살다보면 삶의 기준이 흐려질 때가 얼마나 많은가. 밥 세끼만 먹을 수 있으면 된다는 아버지와 밥 세끼를 어떻게 먹느냐가 중요하다는 어머니 사이에서 조금은 혼란스런 나날이 있었다. 하지만 그 혼란의 나날이 삶의 균형을 잡아가는 시간이라는 걸 안다.

이제 이곳을 떠날 일만 남았다. 그러나 주저주저 시동을 걸지 못한다. 달빛 투망이 던져지길 기다려 보자. 석양이 남기고 간 편지가 있을 것이다. 요기할 거리를 찾아 근처 '회광상회'의 오랜 천식을 앓는 듯한 성에 낀 미닫이문을 밀친다. 텁텁한 훈김과 담배연기로 희붐한 공간이 우리를 맞는다. 초로의 아저씨들이 난로 위 김치찌개를 안주 삼고, 막걸리 한 사발에 한담을 나누고 있다. 그렇게 사람도, 마을도, 산도 서서히 노을에 취하고 있다. 과자든, 껌이든, 음료수든 먼지에 쌓여 어질러져 있다.

요즘 대도시, 소도시 가릴 것 없이 대형 마트가 들어서는 바람에 허름한 구멍가게를 찾아보기 힘들다. 이처럼 대형 마트는 이 시대의 이데

회북마을에서 나와 피반령에서 바라본 굴곡 많은 길. 가로질러 나가는 곧은 길이 아닌 산등성이를 감싸고 돌아가는 굽은 길처럼 존재를 포용하며 느리게 살아가는 회북마을의 아름다움을 느낀다.

올로기를 대변하는 메타포가 되었다. 말쑥하게 단장한 물건과 사람들로 소비자를 유혹하는, 늘 신선한 젖과 꿀이 흐르는 대형 마트가 익숙한 나에게 고색창연한 점방의 인상은 이 마을의 지방색과 조화를 이루고 있다.

좁은 들과 작은 마을이 겨울 달빛을 맞이하고 있다. 아슴아슴 잠들어가는 회북 마을, 적요한 그늘이 드리우면 사람들은 파도처럼 뒤척이며 두둥실 추억을 꿈꾸리라. 타향을 전전하면서도 안주할 수 있는 고향과 따뜻한 체온을 나눌 수 있는 인정에 목말라 했던 오장환도 모처럼 편한 잠을 이루리라. 시간이 정지한 산 속의 섬, 서럽고 고독했던 오장환의 고향에서 나는 기꺼이 그의 시의 슬픔과 고독에 감염되었다. 다시 내 생의 산 하나를 넘어가기 위해 헤드라이트를 켠다. 가끔 어둡고 이따금 환하다.

노을 지는 나루터에 눈물의 시인 살더라

정유미

아내와 아이들 다 직장에 나가는
밝은 낮은 홀로 앉아 시 쓰며 빈집 지키고
해 어스름 겨우 풀려 친구 만나려 나온다는
박용래더러 '장 속의 새로다' 하니,
그렇기사 하기는 하지만서두 지혜는 있는 새라고 한다.
요렇처럼 어렵사리 만나려도 나왔으니,
지혜는 있는 새지 뭣이냐 한다.
왜 아니리요,
대한민국에서
그중 지혜있는 장 속의 시의 새는
아무래도 우리 박용래인가 하노라.

서정주, 〈박용래〉

아련한 고향을 노래한 시인

고향은 언제나 푸근하다. 낯익은 풍경과 말씨, 반가운 얼굴들, 그리고 무엇보다도 나의 어린 삶이 있기에, 살면서 떼어놓을 수 없는 분신 같은 공간이다. 고향에 대한 그리움은 그 정도는 다르겠지만 누구나 가슴 한 자리에 애수 어린 슬픔 하나씩은 고이 간직하고 있을 것이다. 그러한 아련한 고향을 노래한 시인, 간결하고 소박한 언어로 고향의 꽃과 나무와 산, 그리고 강을 노래한 시인이 바로 박용래이다.

박용래 시인은 일생 눈가에 눈물이 마를 겨를이 없었던 사람이다. 그는 오랜만에 만나는 친구가 반가워서도 울고, 등에 업은 자식이 어여뻐서도 울고, 꽃이 지는 것에도, 바람에 부는 것에도 눈물을 보였던 사람이다. 때문에 모두들 그를 일컬어 눈물의 시인이라고 한다. 눈물이라는 것은 참 다양한 모습을 지니고 있다. 그것은 우리가 슬플 때도 흐르지만 행복할 때도 흐르고, 맑고 투명하지만 질척하니 무거울 때도 있다. 시인 박용래의 삶 또한 그러한 눈물의 모습을 닮아 있다. 해맑은 소년처럼 곧잘 웃으면서도 어느 순간 짭짤한 액체를 뚝뚝 떨어뜨리고 마는 애처롭지만 질박한 시인의 체취를 찾아 충남 강경으로 향한다.

대전시 사정공원에 있는 시인의 대표작 〈저녁눈〉 시비이다. 정갈하게 꾸며진 공원 한쪽에 다른 시비들의 화려함과는 대조적으로 조촐하게 서 있다. 눈부신 햇살이 시비 주위에서 노닐고 있는 풍경이 마치 꾸밈없는 시인의 해맑은 미소라도 되는 양 찾는 이의 발길을 마중하고 있다.

붉게 노을 버리는 나루터

강가에서 불어오는 물기 없이 스산한 가을바람이 잘 여며 입은 옷섶을 더욱 더 굳게 여미게 한다. 손바닥에 더운 입김을 불어 쌀쌀해진 소매를 쓸어내리고 있으면 그 사이 바람은 강물을 쓸고 되돌아와 또 여지없이 가슴팍을 때리고 지나간다. 그러나 마지못한 듯한 바람의 마중에도 걸음은 조금이라도 강 가까이 닿으려 한발 한발 강둑으로 내려선다. 긴 세월에도 여전히 살고 있을 것 같은 노을 밴 메기라도 찾으려는 듯 눈길은 강바닥을 예민하게 훑는다. 하지만 부옇게 먼지 쌓인 강바닥에는 세월보다도 더 오랜, 이끼 낀 돌덩이들뿐이다. 사방이 모두 트여 공허하기만 한, 이제는 옛 나루터의 섭리를 잊어버린 채 인공철제 구조물만이 그 흔적으로 남은 강경의 놀뫼나루는 그대로 시인의 애달픔을 닮아 있다.

노을 속에 손을 들고 있었다, 도라지빛.

—— 그리고 아무 말도 없었다.

손끝에 방울새는 울고 있었다.

___ 별리

단 3행으로 이루어진 짤막한 시이다. 손을 들고 있는 행위는 누군가와의 이별을 암시한다. 둘 사이에는 아무 말도 있을 수 없다. 그것은 '도라지빛'에서 알 수 있듯이 죽음으로 인한 이별이기 때문이다. 도라지꽃이 띠고 있는 보랏빛은 우울한 분위기를 자아내며, 흔히 죽음을 암시한다. 죽음의 흔적은 '방울새'에서도 나타나는데, '손끝에 방울새'는 상여가 나갈 때 소리를 메기는 사람이 들고 있는 방울을 연상시킨다. 따라서 이는 어떤 이의 죽음, 곧 누이의 죽음으로 이어진다.

누이야 가을이 오는 길목 구절초 매디매디 나부끼는 사랑아
내 고장 부소산 기슭에 지천으로 피는 사랑아
뿌리를 대려서 약으로도 먹던 기억
여학생이 부르면 마아가렛
여름 모자 차양이 숨었는 꽃
단추 구멍에 달아도 머리핀 대신 꽂아도 좋을 사랑아
여우가 우는 추분 도깨비불이 스러진 자리에 피는 사랑아
누이야 가을이 오는 길목 매디매디 눈물 비친 사랑아.

＿＿ 구절초

노을이 너무도 풍성하여 마치 산을 이룬 듯하다 하여 붙여진 놀뫼나루. 수없이 어선들과 상인들이 드나들었을 황산나루는 이제 앙상하고 삭막한 철제구조물만으로 그곳이 옛 나루터였음을 알려주고 있다.

나루터의 모습은 이제 남아있지 않지만, 시인이 살았을 때에도, 또 그보다 더 오랜 옛날에도 변함없이 그곳을 지키고 있었을 노을이 강경 하늘을 뒤덮고 있다. 해질녘 강가에 서 있으면 쏟아지는 노을에서 마치 향기라도 배어나는 듯한 착각에 빠져든다.

시인이 어릴 적 어미처럼 따랐던 홍래 누이는 강 건너 마을로 일찍 시집을 갔다. 그렇게 떠난 누이의 그림자가 채 지워지기도 전에 누이는 초산의 산고로 일찍 세상을 등지고 만다. 그가 중학교 2학년이 되던 해였다. 누구보다도 사랑하던 누이의 죽음은 어린 시인에게 한 삶 살면서 지워지지 않을 슬픔의 근원이 되었다는 것을 훗날 시인의 고백에서 알 수 있다.

태어나면서 생을 얻었으니 언젠가는 그 생을 잃어버리게 되는 것이 만고의 이치이리라. 그러나 가까이 지내던 이의 예고되지 않은 죽음은 사는 동안 가슴에 쉽게 여물지 않을 생채기를 남긴다. 그 아픈 상처는 나뭇잎 하나 떨어뜨리지 못하는 바람과의 얇은 부딪침에도 욱신거린다. 시인의 마음 또한 그러하다. 때 되면 피고 지는 꽃 한 송이에도, 저물녘 쏟아지는 노을의 수런거림에도 시인의 마음은 울컥 내려앉았으리라.

바람이 노니는 임이정 뜨락

마음처럼 공허해진 발걸음을 돌려 나루터를 나선다. 나루터 앞 좁은 골목을 타고 오른 곳에 작은 암자가 자리하고 있다. 나루터와 강 건너 마을이 훤히 내다보이는 임이정은 시인의 어릴 적 놀이동산이다. 아무 것도 없이 우뚝 선 정자 한 채와 감나무 한 그루뿐이지만 그 또한 어린 생에게는 더없이 훌륭한 놀이터가 될 수 있다. 지금은 오랫동안 사람의 손길이 닿지 않은 듯, 동네 꼬마들의 짓궂음인 듯 문살을 메우고 있던 문풍지가 누렇게 뜯겨 있다. 뜯겨져 나간 상처마다 날랜 바람이 자리를 메우고, 감나무 그림자가 그곳을 어루만지고 있다.

오는 봄비는 겨우내 묻혔던 김칫독 자리에 모여 운다
오는 봄비는 헛간에 엮어 단 시래기 줄에 모여 운다
하루를 섬섬히 버들눈처럼 모여 서서 우는 봄비여
모스러진 돌절구 바닥에도 고여 넘치는 이 비천함이여.

_____ 그 봄비

　박용래 시인은 아무 의미 없을 법한 작은 일상도 놓치지 않고 조촐하고 소박한 언어로 표현해낼 줄 아는 시인이었다. 간결하고 압축된 표현을 통해 시의 완성미를 더욱 높이는 그의 정제된 표현력은 짧은 넉 줄로 이루어진 이 시에서도 그대로 드러난다.

　시에서 화자는 '겨우내 묻혔던 김칫독 자리'에서 '헛간에 엮어 단 시래기 줄'로, 또 '모스러진 돌절구 바닥'으로 시선을 이동시키면서 궁핍

시인의 어린 시절 훌륭한 놀이터가 되었을 마을 동산에 위치한 정자이다. 골목 어귀에선 아직도 간간히 아이들 소리가 들리지만 이젠 더 이상 아이들은 그곳을 찾지 않는 모양이다. 발길이 닿은 임이정에는 나루터를 돌아 감나무 가지에 앉은 바람만이 차갑게 노닐고 있다.

한 농가에도 어김없이 찾아오는 봄을 이야기한다. 또 봄비가 내린다가 아닌 '운다'고 하여, 보잘것없고 하찮은 존재들의 슬픔을 봄비가 대신한다. 마지막에 와서는 봄비를 비천함으로 표현하면서, 거르지 않고 찾아오는 봄을 또다시 맞이해야만 하는 가난한 농가에 이어지는 슬픔을 이야기한다.

봄비는 만물의 소생을 가져다주는 반가운 존재이다. 봄비가 내린 후 흙 밑에서는 맑은 연둣빛의 새싹들이 조곤조곤 솟아오르고 겨우내 움츠렸던 우리들 살갗에도 따뜻한 기운이 스며든다. 하지만 가난은 그러한 계절의 훈훈함마저 앗아가 버린다.

어린 시절 봄이 오고 새 학기가 시작될 즈음이면 나는 늘 움츠러들어 있었다. 익숙지 않은 사람들과 낯선 공간에서 새롭게 시작하는 것들이 가난한 학생에게는 설렘이기보다는 고역이었다. 잘 차려입지 못하고, 잘 갖춰 다니지 못하는 가난을 또다시 들켜야 하기 때문이다. 가난은 창피한 것이 아니라고, 다만 불편한 것뿐이라고 말했던 누군가의 심정을 이해한다. 나에게 가난은 애써 담담한 척하게 했던 만큼의 불편함이었다. 그 불편함은 농가의 봄을 앗아가고, 어린 시절 나의 봄을 앗아갔다.

오동꽃 지는 옥녀봉의 기억

임이정을 내려와 도로를 타고 옛 시장을 지나 마을로 들어서면 옥녀봉 가는 길이 나온다. 시인은 놀뫼나루에 니가는 것만큼이니 옥녀봉에 올라 강 건너 바라보기를 수없이 되풀이했다고 한다. 작고하기 전까지

도 종종 강경에 내려와 나루터와 옥녀봉에 들러 강 건너를 바라보았다
고 하니 누이가 죽고 난 직후 시인의 심정은 어떠했을지 짐작이 가고도
남는다.

오동꽃 우러르면 함부로 노한 일 뉘우쳐진다.

잊었던 무덤 생각난다.

검정 치마, 흰 저고리, 옆가르마, 젊어 죽은 홍래 누이 생각도 난다.

오동꽃 우러르면 담장에 떠는 아슴한 대낮.

발등에 지는 더디고 느린 원뢰.

———— 담장

오동꽃은 도라지꽃과 더불어 시인이 좋아하던 꽃이다. 그 연보랏빛
꽃 색깔은 자연스럽게 누이의 매린스 치마를 떠올리게 했으며, 죽은 누
이를 생각하게 했다고 시인은 말했다. 이제는 무덤 속에 있는 누이의
모습을 시인은 아직도 '검정 치마, 흰 저고리, 옆가르마' 를 한 정갈한
모습으로 간직하고 있다. 그러한 누이를 떠올리
게 하는 '오동꽃' 은 환한 대낮도 아슴하게 만들어
버리는 슬픔의 상관물이다. 마지막에서는 오동꽃
이 지는 모습을 아슴한 대낮의 천둥소리에 비유하
여 이제는 볼 수 없는 누이에 대한 그리움을 한층
더 격앙시키고 있다.

옥녀봉에 오르면 어른의 두 팔로도 다 안을 수
없을 만큼 커다란 느티나무가 떡하니 버티고 서
있다. 저물녘 홀로 오르는 이에게 인사라도 건네
는 듯, 기댈 어깨라도 되어주는 듯 듬직하다. 나무

옥녀봉을 받치고 있는 용영대 위에 늠름하게 서 있는 느티나무. 옛날 하늘에서 선녀들이 옥녀봉 밑으로 흐르는 금강의 물이 너무도 맑아 자주 목욕을 하러 내려왔는데, 하루는 옥황상제의 딸이 내려왔다가 다시 하늘로 돌아가지 못하고 이곳에서 죽었다고 하여 옥녀봉이라 불리게 되었다는 전설이 있다. 용영대는 상제의 딸이 즐겨 보던 거울이 변하여 생긴 바위이다.

시장에서 벗어나 마을 어귀 길을 돌아 올라가는 옥녀봉이다. 옥녀봉에 오르면 강 건너 마을의 모습이 훤히 보이는데 그 마을은 시인의 슬픔과 그리움의 근원이었던 홍래 누이가 시집갔던 마을이다. 작고하기 전에도 시인이 자주 들렀다던 옥녀봉에는 아직도 시인의 숨결이 남아있는 듯하다.

에 기대어 서면 강줄기가 한눈에 들어오고, 강 건너 마을이 훤히 보인다. 나무가 지우는 어둠 속에 앉아 창연히 빛나는 노을을 바라보고 있노라면 정말 말 그대로 시간이 멈추어도 좋을 기분이 든다. 저물어 가면서도 마지막으로 찬란하게 빛을 발하는 노을의 슬픔어린 아름다움을 그대로 느낄 수 있다. 그 황홀함 때문에 시인은 작고하기 전까지도 이곳을 잊지 못했으리라.

시큼한 감꽃향 날리는 유년

시인에게 자연은 유년 그 자체였다. 그는 '나의 요람은 전원이요 …… 한송이 민들레에도 고향과의 만남을 느껴, 무턱대고 낙향하고만 싶었다'라고 말하며, 타지에 살면서도 끊임없이 고향집 마당을, 들판을, 산마루를 노래하는 심정을 토로한다.

감새
감꽃 속에 살아라

주렁주렁
감꽃 달고

곤두박질 살아라

동네 아이들
동네서 팽이 치듯

동네 아이들
동네서 구슬 치듯

감꽃
노을 속에 살아라

머뭇머뭇 살아라

감꽃 마슬의
외따른 번지 위해

감꽃 마슬의
조각보 하늘 위해

그림 없는
액자 속에 살아라

감꽃
주렁주렁 달고

감새,

_____ 감새

〈감새〉는 감새와 감꽃, 노을, 하늘이라는 시어가 구성하는 한 폭의 그림을 연상시킨다. '그림 없는 액자 속'이 가리키는 곳은 다름 아닌 감꽃 핀 감나무가 늘어져 있는 마당 어귀에서 올려다본 노을 지는 하늘이다. 손가락을 접어 액자를 만들면 그대로 한 폭의 그림이 되는, 붉게 타는 하늘을 담고 있는 풍경 속에서 한 마리 새처럼 자유로이 살고 싶은 시인의 마음이 고스란히 담겨 있다.

어릴 적 감꽃을 가지고 놀던 기억이 떠오른다. 군것질 거리가 많지 않은 시골 마을에서 태어난 사람들은 감꽃의 맛을 기억할 것이다. 감나무 아래 떨어진 겨우 손톱만한 크기의 꽃송이들을 조심스레 집어 먼지를 털고 입속으로 밀어 넣으면 시큼하면서도 향긋한 꽃내음이 입 안 가득 퍼지던 기억. 지천으로 깔린 감꽃 향기에 질리면 이제 그 꽃송이들을 곱게 실에 꿰어 목걸이를 만든다. 친구보다 하나라도 더 실에 꿰려 다툼을 벌이기도 한다. 그렇게 감나무 아래의 꽃송이들을 다 휩쓸고 나면 아이들의 목에는 엷은 주홍빛 작은 방울방울들이 자랑스레 걸려 있다. 워낙 말썽쟁이들인지라 언제 떨어지는지도 모르게 없어질 것들이지만 기억 속에는 여전히 그 향기가 배어 있다.

목이 메는 백강하류, 옛날의 나루터

옛날의 나루터를 타고 마을로 거슬러 올라가는 길이 구시장 거리이다. 강경은 우리나라에서 제일 먼저 상업이 발달했던 도시로 시인이 살았을 때에는 흥성한 도시의 모습이었다. 특히 가까운 군산을 통해 들어

흥성했던 옛 시장 거리를 큼직큼직한 젓갈상회들이 대신하고 있다. 상점의 크기와는 대조적으로 드나드는 손님은 거의 없어 자리를 지키고 있는 주인의 모습도 보이지 않는 곳도 있다. 거리 곳곳에서 짙게 배어나는 짭짤한 젓갈냄새 위로 땅꺼미가 내려앉으면서 인적 드문 시장거리에 쓸쓸함이 더해지고 있다.

오는 해산물로 담근 젓갈은 전국 최고로 꼽혔다.

그러나 그 번성했던 나루터가 이제는 섭리를 잊은 채 옛날로만 남았듯, 시장 거리 역시 '백화점'이라는 상호를 달고 있는 대형 젓갈 가게 몇몇으로만 남아 퇴락한 옛 도시의 모습을 보여주고 있다. 물건을 사고파는 아낙들의 소금기 어린 손길들이 분주히 오고갔을 거리는 이제 그저 스산하기만 하다. 하루 온종일 문을 열고 있어도 들러 가는 이 하나 없는 날도 많다는 가게 주인들의 푸념 위로 짙은 땅거미가 내려앉고 있다.

박용래 시인은 그의 나이 21세인 1946년에 호서중학교 교사로 부임하면서 대전으로 거처를 옮긴 이후 대부분의 생을 대전에서 살았지만 그의 시의 공간은 여전히 부여이고 강경이었다. 그러나 그 고향은 이제 이미 유년 시절의 고향이 아닌 것을 시인도 느낀다. 세월에 슬려 이제는 변해버린 고향의 모습을 시인은 〈황산메기〉를 통해 이야기한다.

밀물에
슬리고

썰물에
뜨는

하염없는 갯벌
살더라, 살더라
사알짝 흙에 덮여
목에 메는 백강하류

노을 밴 황산메기
애꾸눈이 메기는 살더라,
살더라.

_____ 황산메기

이 시는 '목이 메는 백강하류' 라는 표현에서 알 수 있듯이, 강이 오염되어 애꾸눈이 되어버린 황산메기에 대한 안타까움을 표현하고 있다. 고기를 가득 실은 배들이 한정 없이 드나들던 나루터 풍경이 옛 추억으로만 남았듯, 고향은 이제 더 이상 어린 시절 시인이 머물렀던 모습이 아니다. 그러한 안타까움을 시인은 '살더라, 살더라' 를 반복하면서 그 옛날의 고향에 대한 그리움을 절절하게 표현하고 있다.

그러나 그럼에도 시인의 고향 찾기는 그치지 않는다. 박용래 시인의 고향 찾기는 비단 그가 고향을 떠나와서라기보다는 자신의 요람이었던 자연에 대한 원천적인 그리움에서 비롯한다고 볼 수 있다. 〈울타리 밖〉은 이러한 시인의 이상화된 고향 공간의 모습을 보여준다.

머리가 마늘쪽같이 생긴 고향의 소녀와
한여름을 알몸으로 사는 고향의 소년과
같이 낯이 설어도 사랑스러운 들길이 있다

그 길에 아지랑이가 피듯 태양이 타듯
제비가 날 듯 길을 따라 물이 흐르듯 그렇게
그렇게

천연히

울타리 밖에도 화초를 심는 마을이 있다
오래오래 잔광이 부신 마을이 있다
밤이면 더 많이 별이 뜨는 마을이 있다.

___ 울타리 밖

시 속의 고향은 마치 태고의 공간처럼 순결하고 조화롭다. 고향의 소녀와 고향의 소년이 있는 '울타리 밖에도 화초를 심는', '밤이면 더 많이 별이' 떠서 어둠을 밝혀주는 꿈결 같은 곳에서 아무런 욕심도 없이 '알몸으로' 살고자 하는 시인의 간절한 마음이 드러나 있다.

그러나 계속해서 반복되는 '있다' 라는 표현은 시적 화자가 그러한 낙원에 도달하지 못하고 낙원의 밖에 머무를 수밖에 없는 현실을 말해 준다. 시적 화자는 그러한 공간이 있다는 사실을 상기하거나 회상하고 있을 뿐이다. 즉 이 시에서 노래하고 있는 고향은 영원히 찾아가 볼 수 없는 지나버린 유년의 고향이다.

강경에서 가장 유명한 물고기는 메기이다. 그 명성을 뒷받침이라도 하는 듯 나루터 주변에는 여기저기 메기매운탕집들이 들어서 있다. 메기는 낮에는 강바닥이나 돌틈에 숨어 있다가 밤이 되어야 움직이기 시작하는 물고기이다. 노을이 짙게 깔리고 있는 나루터에 그 옛날의 황산메기라도 낚는지 낚시꾼 하나가 자리 잡고 있다.

그런데 실제로 강경의 마을 모습은 이 시에서 노래하고 있는 것과 유사하다. 마을로 들어서는 길목에는 갖가지 화초들이 줄지어 심어 있다. 또 길가에 있는 집들의 담장에는 고운 빛깔의 꽃송이들을 단 넝쿨들이 담벼락을 타고 자라고 있다. 그 길을 느릿느릿 걸으며 찬찬히 음미하다 보면 '오래오래 잔광이 부신' 노을 지는 옥녀봉에 이르게 된다. 밤이 되면 옥녀봉의 지붕 위로는 잠든 시인의 마음이라도 어루만지는 듯 하늘 가득 총총히 별이 뜰 것이다.

잠든 시인을 느끼며

해가 이제는 서산으로 넘어가는 찰나이다. 강가 한쪽을 차지하고 있는 갈밭 사이로 스스한 바람이 인다. 갈밭 옆에는 늙은 낚시꾼 하나가 그 옛날의 황산메기라도 낚으려는 듯 강심에 찌를 드리우고 있다. 갈밭 위로는 길게 뻗은 황산대교. 뜸하게 지나가는 차들의 엔진소리를 빼고는 적막하기까지 한 가을 강변의 풍경이다.

깊은 밤 풀벌레 소리와 나뿐이로다
새냇물은 흘러서 바다로 간다
어두움을 저어 시냇물처럼 저렇게 떨며
흐느끼는 풀벌레 소리……
쓸쓸한 마음을 몰고 간다
빗방울처럼 이었는 슬픔의 나라

후원을 돌아가며 잦아지게 운다

오로지 하나의 길 위

뉘가 밤을 절망이라 하였나

말긋말긋 푸른 별들의 눈짓

풀잎에 바람

살아 있기에

밤이 오고

동이 트고

하루가 오가는 다시 가을밤

외로운 그림자는 서성거린다

찬 이슬밭엔 찬 이슬에 젖고

언덕에 오르면 언덕

허전한 수풀 그늘에 앉는다

그리고 등불을 죽이고 침실에 누워

호젓한 꿈 태양처럼 지닌다

허술한

허술한

풀벌레와 그림자와 가을밤.

_____ 가을의 노래

　충남 강경의 황산나루. 노랗게 하늘을 물들이는, 노을이 산을 이룬다고 이름 붙여진 놀뫼나루. 평생을 두고두고 그리워하던 누이의 곁에 이제는 편안히 누워 있을, 온 삶을 눈물로, 눈물로만 살아내었던 시인. 저물녘 강가에 나가서면 멀리 흩어지는 시인의 소리 들린다. 허허롭게 웃음 짓던 시인의 눈물 머금은 얼굴이 떠오른다.

| 신동엽 |

누가 하늘을 보았다 하는가

노용무

수운이 삼천리를 10여 년간 걸으면서 농노의 땅,
노예의 조국을 본 것처럼,
석가가 인도의 땅을 헤매면서 영원의 연민을 본 것처럼,
그리스도가, 그리고 성서를 쓴 그의 제자들이
지중해 연안을 헤매면서 인간의 구원을 기구한 것처럼
오늘의 시인들은 오늘의 강산을 헤매면서
오늘의 내면을 직관해야 한다.

신동엽, 〈7월의 문단 – 공예품 같은 현대시〉에서

하늘이 맑다. 맑은 하늘은 파랗다. 맑고 파란 하늘은 상쾌함을 느끼게 한다. 그 하늘은 먹구름이나 폭풍의 하늘보다 더 높다. 하늘이 더 높기에 올려다보는 인간의 시선 또한 더 높고 먼 곳을 응시한다. 땅의 현실이 각박할수록 우리는 그렇지 않은 곳을 꿈꾸고, 자신을 둘러싼 삶의 모습이 애처로울 때 습관적으로 하늘을 바라본다. 마침 그 하늘이 맑고 투명하다면 그리고 높고 파랗다면 왠지 모를 위안을 받기도 한다. 그래서인지 우리네 삶의 모습이 힘들고 안쓰러울 때 바라보는 하늘은 우리 문학에 자주 등장했던 사람들의 위안으로 나타나곤 한다.

우리들의 성정에 어울리는 맑고 파란 하늘이 그 광채를 뿜어내면 언제나처럼 이 땅의 사람들은 그리움과 외로움을 한 사발의 정안수에 담긴 하늘 쪽빛에 시린 두 손을 모으기도 했다. 우리들의 여정은 맑은 하늘을 노래했던 시인을 찾아가는 길로부터 시작한다. 그 길은 부여로 가는 땅 위의 길과 맞닿은 하늘 길을 열어 시인의 향기를 묻혀낼 것이다. 부여로 가는 길은 금강 줄기와 숨바꼭질하듯 강을 따라 오르락내리락거린다.

금강의
흰 물굽이가 가물가물 내려다보이는 동혈산
쉰 길 바위 아래 초가집, 사리원댁

할머니의 도움으로
꼬마 하늬가 방긋방긋
웃기 시작했다

___ 금강 – 제26장 __ 중에서

〈금강〉의 '신하늬'와 '인진아'가 동학혁명으로 만나고 혁명의 실패로 헤어지는 역정이 총 26장 4800행의 대장정에 스며 있듯 장편 대서사시의 모태인 금강 줄기엔 신동엽의 시선이 배어 있다. 유유히 흐르는 금강 줄기 언저리에서 백제사의 흔적을 찾아 역사기행을 다녔던 신동엽. 그를 찾아 부여로 가는 길은 마치 금강의 한 지류처럼 길길이 휘어졌던 예전과 달리 시원스레 뻗은 도로로 변한 지 오래다. 시간은 과거를 망각하게 하는 힘이 있지만 떠올리게 하는 추억도 있다. 잊혀진다는 것과 다시 떠올린다는 것은 모두 시간의 울타리 내에서 이루어지는 우리네 삶의 편린일 것이다. 우리의 삶이 그렇듯, 시인의 삶 또한 그를 기억하는 자들의 추억으로 남을 뿐이다. 신동엽이 금강의 원류를 찾아 상류로 거슬러 올라갔던 것처럼, 그의 흔적과 추억을 되새기는 것은 시인의 고향이라는 공간이 주는 유년 시절의 체험으로부터 시작한다.

우리가 처음으로 찾은 시인의 삶은 역설적이게도 그의 죽음이다. 시인의 무덤 소재지는 부여군 부여읍 능산리 산 56-2이다. 무덤 가장자리에 놓인 안내문은 다음과 같다.

저 멀리 높은 산의 정적이 길길이 휘어진 금강의 흐름 속에 녹아 흐르는 듯하다. 금강에는 갑사와 동학사에 배인 남매탑의 전설이 여전히 살아 흐르고, 장편서사시 〈금강〉의 '신하늬'와 '인진아'가 굽이치는 우리 역사의 수레바퀴에 도도한 물결을 이루는 삶의 각진 풍경을 응시하는 신동엽의 자취가 묻어 있다.

시인 신동엽의 무덤은 본래 경기도 파주시 금촌읍 월통산 기슭에 있었으나 1993년 11월 20일 유족과 문인들에 의해 이곳으로 옮겨졌다. 위쪽에 위치한 무덤은 시인의 아버지 신연순과 어머니 김영희의 합장 무덤이다. 시인 신동엽은 장편 서사시 〈금강〉을 비롯한 분단현실 극복에 역점을 둔 수많은 창작을 통하여 한국현대문학사에 새로운 이정표를 제시한 우리나라의 대표적인 민족시인으로 추앙받고 있다.

차를 타고 울퉁불퉁한 시멘트 포장도로를 따라 한참을 들어가면 왼편으로 향해 있는 '시인 신동엽 묘소'가 얼마남지 않았음을 알려주는 안내문. 신동엽의 무덤을 찾아가는 길은 우리의 농촌 현실을 보여주듯 안타깝게도 사람의 모습을 찾기 어려웠다.

듬성듬성 햇살이 무덤 주변에 머물며 시간의 흔적을 더해가고 있다. 제단에 피워 올린 담배 한 대, 생전에 피워 물던 그 담배는 아닐지라도 신동엽의 시혼을 불러 시인을 찾아서 떠난 우리 여행과 함께 하소서.

우리나라의 무덤이 그렇듯, 좌우와 뒤로 둘러친 잔디 병풍이 모진 비바람을 막아 주고 있는 것 같다. 시간은 시인의 죽음을 기점으로 40여 년이나 흘렀지만 무덤 앞에 선 나에겐 멈춰선 듯, 시인의 살아 생전 모습과 묘비명이 겹치면서 삶과 죽음이 지금 이곳에 같이 하고 있다. 방금 전에 풀을 깎았는지 풀내음이 무덤 주위를 맴돈다. 무덤 제단 앞에 담배 한 대를 피워 올린다. 하늘로 향하는 담배 연기는 조상의 혼을 부르는 향처럼 무덤의 주인을 불러올 수 있을까. 타들어 길어져 가는 재만큼 작고 좁다란 내 마음에 시인을 맞을 채비가 되었는지 자문해본다. 비워야 한다. 비워야 그를 부를 수 있다.

비우고자 하는 내 마음 하늘로 오르는 연기를 엮어, 시인이 보고 있을 것만 같은 저 하늘로 오르면, 당신이 보고자 했던 그 하늘이 무엇이었고, 지금 내가 보고 있는 하늘은 당신의 그 하늘

인지 묻고 싶다. 이승의 인연이 고래심줄이라 했던가. 시인에게 있어서
독자만큼 소중한 인연이 또 있을까.

　신동엽의 시를 읽으며, 산문과 평전을 읽으며 재구성했던 당신의 삶
과 문학은 무덤 앞에서 오롯이 일어서며 주마등이 되어 시간여행을 채
비해 준다. 너무도 한적하여, 문학기행을 나선 우리들로 붐비는 묘소
부근은 동네 주민 몇몇만이 드문드문 인기척을 묻히고 있다. 바람이 인
다. 소나무와 들꽃 사이로 바람이 분다. 신동엽의 삶 중 가장 힘겨웠던
한국전쟁의 아우성이 무심한 풀잎과 여치의 살랑거림에 묻어나 우리들
에게 말해 주고 있다.

　　　길가엔 진달래 몇 뿌리
　　　꽃 펴 있고,
　　　바위 모서리엔
　　　이름 모를 나비 하나
　　　머물고 있었어요

　　　잔디밭엔 長銃을 버려 던진 채
　　　당신은
　　　잠이 들었죠.

　　　햇빛 맑은 그 옛날
　　　후고구려적 장수들이
　　　의형제를 묻던,
　　　거기가 바로
　　　그 바위라 하더군요.

기다림에 지친 사람들은
산으로 갔어요
뼛섬은 썩어 꽃죽 널리도록.

남햇가,
두고 온 마을에선
언제인가, 눈먼 식구들이
굶고 있다고 담배를 말으며
당신은 쓸쓸히 웃었지요.

지까다비 속에 든 누군가의

매년 봄의 전령사로 우리에게 다가오는 진달래. 〈진달래 山川〉이란 시의 제목일 뿐만 아니라 한반도 전체를 담은 풍경화의 제목이기도 하다. 온 산을 진달래로 물들이는, 이토록 아름다운 봄의 향연을 한국전쟁의 비극적 사건과 연결시켜 작품을 써야 했던 시인의 시정신이 진달래와 더불어 산의 능선과 능선 사이에 배여있는 듯하다.

©김아라

발목을
과수원 모래밭에선 보고 왔어요.

꽃살이 튀는 산허리를 무너
온종일
탄환을 퍼부었지요.

길가엔 진달래 몇 뿌리
꽃 펴 있고,
바위 그늘 밑엔
얼굴 고운 사람 하나
서늘히 잠들어 있었어요

꽃다운 산골 비행기가
지나다
기관포 쏟아놓고 가버리더군요.

기다림에 지친 사람들은
산으로 갔어요.
그리움은 회올려
하늘에 불붙도록.
뼛섬은 썩어
꽃죽 널리도록.

바람 따신 그 옛날

후고구려적 장수들이

의형제를 묻던

거기가 바로

그 바위라 하더군요.

잔디밭에 담배갑 버려 던진 채

당신은 피

흘리고 있었어요.

　　　　　　　　　　　　　___ 진달래 山川

　한국전쟁은 비극 그 자체이다. 민주주의든 공산주의든 그 어떤 이데
올로기도 생명을 담보로 행해지면 이념에 대한 맹신이거나 무차별적
폭력의 두 얼굴을 하기 마련이다. 한국전쟁이 그랬다. 두 가지의 이념
형이 한반도를 휩쓸던 시절, 이 시가 발표되자 혹자는 '빨갱이'라고
하거나 '불온한 시'라 하여 색안경을 끼고 보았다. 여전히 전쟁의 상흔
으로 남아있는 '레드컴플렉스'로 인해 신동엽에게 가해진 유ㆍ무형의
폭력은 가위눌리기에 족한 것이었다.

　이 시는 가혹했던 일제강점기와 동족상잔의 한국전쟁을 겪었던 우리
들의 이야기이다. 진달래가 한라에서 백두까지 흐드러지는 한반도는 같
은 민족끼리 서로에게 총부리를 겨누었던 전쟁터였다. 그러한 현실을
살아야 했던 신동엽은 어떠한 남과 북의 이데올로기도 다시금 우리에게
되풀이되지 않기를 외치고 있다. 무덤 주위 석등 언저리엔 이끼가 지나
간 세월의 잔해처럼 고스란히 붙어 있다. 이끼는 야만과 폭력의 역사를
덮어보려 비듬 피듯 다투어 옹알거리지만 세월의 흔적만큼 물씬거리는
'당신'의 그리움과 외로움은 야트막한 야산에 지금도 누워 있다.

시를 읽을 때마다 쩌렁쩌렁 내 귀를 울리게 하고, 독자를 움직이게 하는 이 시의 매혹은 역사적 상상력이다. 후고구려적 전쟁과 한국전쟁을 민족 간의 살생이라는 점으로 형상화시킨 시인의 상상력은 기발하지만 숙연하다. 그래서 시인을 일컬어 '시대의 양심'이자 '양심의 최후 보루'라고 했던가. 잔디밭에 장총을 버려 던지고 널브러져 있었던 '당신'은 진달래 몇 뿌리 꽃 펴 있던 바위에 잠들어 있다. '당신'의 뼛섬이 썩어 꽃죽 널리도록 처참히 죽어 있던 그 바위는 햇빛 시리도록 눈부신 옛날, 후고구려적 장수들이 의형제를 맺었던 바로 그 장소이다. 그는 고향에 두고 온 가족을 생각하며 눈시울을 붉혔거나 살을 파고드는 외로움에 시달렸을 것이다.

외로움은 그리움의 다른 언어이다. 신기루처럼 가물거리는 고향과 눈에 밟히는 가족의 모습은 이미 육신을 떠난 영혼의 무게만큼 무겁고 새털처럼 가볍게 쪽빛 하늘을 갈랐다. 눈멀고 허기진 모습을 하고 있는 그의 가족은 담배를 말며 씁쓸히 웃고 있던 '당신'의 모든 것이다. '당신'의 외로움은 가족에 대한 그리움의 무게고, 또 다른 당신의 수많은 그리움들이 산에 올라 이렇듯 붉은 진달래 향연을 만든 것이다.

온 산을 붉게 물들였던 진달래 산천은 바로 그들의 그리움과, 뼛섬과 꽃살이 육신을 이탈하며 피워낸 광포한 우리 현대사의 한 자락이다. 올해도 역시 시인의 무덤 주위를 붉게 물들였던 이 산하를 떠올리면 그들의 사무친 그리움이 진달래로 화한 것은 아닐까 하는 생각이 든다. 신동엽은 매년 어김없이 환생하는, 그들의 영혼으로 피어나는 진달래 향연을 보았다. 진달래로 화한 그들의 영혼. 신동엽이 부른 진혼가는 염원이었고, 민족사적 현장을 바라보는 지침이다. 그 노래에 놓여 있는 어여쁜 향아의 모습이 아른거리듯 다가온다.

향아 너의 고운 얼굴 조석으로 우물가에 비추이던 오래지 않은 옛날로 가자

수수럭거리는 수수밭 사이 걸찍스런 웃음들 들려나오며 호미와 바구니를 든 환한 얼굴 그림처럼 나타나던 석양……

구슬처럼 흘러가는 냇물가 맨발을 담그고 늘어앉아 빨래들을 두드리던 전설 같은 풍속으로 돌아가자

눈동자를 보아라 향아 회올리는 무지개빛 허울의 눈부심에 넋 빼앗기지 말고
철따라 푸짐히 두레를 먹던 정자나무 마을로 돌아가자 미끈덩한 기생충의 생리와 허식에 인이 배이기 전으로 눈빛 아침처럼 빛나던 우리들의 고향 병들지 않은 젊음으로 찾아가자꾸나

향아 허물어질까 두렵노라 얼굴 생김새 맞지 않는 발돋움의 흉낼랑 그만 내자
들국화처럼 소박한 목숨을 가꾸기 위하여 맨발을 벗고 콩바심하던 차라리 그 未開地에로 가자 달이 뜨는 명절밤 비단치마를 나부끼며 떼지어 춤추던 전설 같은 풍속으로 돌아가자 냇물 굽이치는 싱싱한 마음밭으로 돌아가자.

———— 향아

향아는 허구의 인물일지도 모른다. 혹은 신동엽의 아내 인병선일 수도, 이 시를 읽는 독자의 연인일 수도 있다. 우리들은 뜻 모를 그리움이

나 외로움에 몸서리칠 때가 있다. 신동엽이 그랬을 것이다. 그리움이나 외로움은 누군가를 향한 소리 없는 외침이다. 그 외침의 기억 그리고 그 기억의 공유가 이 시에 나타난 향아에게 보내는 편지이다. 실제로 신동엽은 아내 인병선과 수많은 편지를 주고 받았다. 그러나 시 속에 사는 향아에게로 향한 편지는 수신 여부를 확인할 수 없는 외침이자 독백이다.

향아의 얼굴은 시인이 살았던 시대의 초상처럼 초췌하다. 그러나 시인이 그린 것은 고왔던 그녀의 모습과 그녀를 둘러싼 아름다운 풍경이다. 그 옛날은 허기에 지쳐 있었지만 호미와 바구니를 든 시인의 누나와 어머니가 노을에 실루엣을 뿜어내는 살가운 모습으로 나타나는 어린 시절이다. 바로 아래 잡힐 듯이 노니는 물고기와 맑고 투명하게 보

'수수럭거리는 수수밭 사이'에 '그림처럼 나타나는 석양'을 등지고 향아와 향아를 사랑하던 사람의 전설 같은 이야기가 여전히 남아 있다.

이는 냇가에서 다듬이 소리처럼 유쾌하고 명랑한 빨래터의 풍경들. 그 풍경 속엔 들에 핀 들국화처럼 소박한 삶을 살아갔던 우리들의 고향이 아름다운 풍속으로 놓여 있다. 하지만 이젠 전설이 된 향아의 비단치마와 함께 부치지 못한 편지 속 추억만이 이 시를 읽으며 나섰던 문학기행의 여정에 흩날리고 있다.

신동엽의 향취를 찾아 떠난 우리들의 문학기행은 이제 죽음에서 삶으로 시간을 거슬러야 한다. 시간의 역행, 그것은 현재에서 과거로의 시간 여행이자 일종의 혁명이기도 했다. 혁명을 꿈꾸었던 시인, 고대사로부터 현대사에 이르는 민족사적 시간에 자신을 투영했던 시인, 리얼리즘과 로맨티시즘의 아슬한 줄타기를 했던 시인 신동엽을 찾아 떠난 여로는 어느덧 시인의 숨결이 살아 숨쉬는 삶의 흔적으로 향하고 있다.

시인의 생가는 부여군 부여읍 동남리 501-3에 있다. 그를 기억하는 가족과 수많은 문인들에 의해 생가 터 앞엔 시인의 삶을 압축하는 표지가 우리들을 맞이한다.

시인 신동엽은 1930년 8월 18일 이곳 부여에서 아버지 신연순과 어머니 김영희 사이에 1남 4녀 중 맏아들로 태어났습니다. 부여초등학교, 전주사범학교, 단국대 사학과, 건국대 국문과 대학원에서 공부하였으며, 충남 주산 농업고등학교 교사를 거쳐 서울 명성여자고등학교에서 작고할 때까지 재직하였습니다. 1959년 장시 〈이야기하는 쟁기꾼의 대지〉가 조선일보 신춘문예에 입선하면서 문단에 나와 〈껍데기는 가라〉, 〈금강〉, 〈누가 하늘을 보았다 하는가〉 등 민족문제와 역사의식을 일깨우는 명작을 발표하여 우리나라 대표적인 민족시인으로 추앙받고 있습니다. 낸 책으로 《아사녀》(1963), 《신동엽전집》(1975), 《누가 하늘을 보았다 하는가》(1979), 《금강》(1989), 《꽃같이 그대 쓰러진》(1989) 등의 시집과 산문집 《젊은 시인의 사랑》(1989)이 있습니다. 이 집은 신동엽 시인이 소년기부터 청년기를 보낸 곳으로 1985년 5월 유족과 문인들에 의해 복원되었고, 2003년 부여군에 기증되었습니다. 1970년 세워진 시비는 부여읍 동남리 금강변에, 1993년 11월 경기도 파주에 이전한 묘소는 부여읍 능산리 왕릉 앞산에 각각 있습니다.

우리나라 문인의 생가는 그 생김새가 고풍스런 초가집의 형태로 모두 엇비슷하다. 문인이 태어났던 시대의 모습을 복원하고자 하는 취지로 그렇게 만든 것이다. 물론 그들이 태어난 시절의 가옥이 초가집의 형태를 띠고 있지만 어느 시인의 생가를 가도 비슷비슷한 초가집은 일정한 설계도에 따라 지어진 집처럼 그 지역의 문화적 특성을 반영하고 있지 못해 아쉬움을 남긴다. 그러나 신동엽의 생가는 다른 문인의 생가와는 다른 느낌이다.

골목을 들어가며 시선을 사로잡는 것은 파란 지붕이다. 새마을 운동이 전국을 '잘살아보세'란 구호로 휘감을 때 전통적 가옥 양식은 낡은 것, 전근대적인 것, 버려야 할 유산으로 치부되었다. 신동엽의 생가 역시 근대화의 역동기를 살아온 시인의 이력처럼 초가지붕

시인 신동엽의 생가 전경. 지붕이란 지붕은 모두 청기와였다. 대문의 지붕도, 안채와 바깥채의 지붕도 그리고 생가를 둘러 친 돌담의 지붕도. 생가 안내문의 짙은 흙색 지붕만이 대문의 낡은 나무 색깔을 보정하여 주고 있다.

시인의 아내인 인병선의 시 〈생가〉가 걸려 있는 모습. 신동엽과 인병선은 수많은 편지를 주고받음으로 사랑을 나누기도 했다. '우리는 살고 가는 것이 아니라 언제까지나 살며 있는 것이다'에 나타난 시인을 추억하는 아내의 사랑이 애틋하다.

이 청기와지붕으로 바뀐다. 따라서 시인의 생가에서는 초가지붕, 서까래, 우물, 그럴듯한 집 이름 등 고색창연한 세월의 흔적을 찾을 수 없다.

그리 오랜 시간이 흐르지 않았기에, 세월의 잔해나 비바람의 흔적을 찾을 수 없는 이유이다. 하여 어릴 적 흔히 보았던 1960년대와 1970년대 소시민들의 주거공간을 역력히 볼 수 있다. 이는 신동엽의 생가가 도심 한복판 주택 밀집지역에 위치한 까닭에 여느 생가처럼 고풍스럽거나 고즈넉한 풍경을 지닐 수 없는 이유이다.

여느 소도시를 가든 맛볼 수 있는 허름한 동네이지만 소박한 청기와지붕의 단독주택인 신동엽의 생가는 흡사 개구쟁이 친구 집이나 인정 많던 아줌마가 생각나는 이웃집 같다. 신동엽이 자라고 신혼생활을 한 생가는 부여군민회관 뒤쪽 부여천주교회 옆에 자리하고 있다. 시인의 부친인 신연순 옹이 살아 생전엔 이 집을 방문하는 방문객을 반갑게 맞아주었다. 좀 더 일찍 이곳에 오지 못함을 아쉬워하며 나 역시 끊이지 않는 수많은 순례자의 하나로서 대문을 연다.

우리의 만남을
헛되이
흘려버리고 싶지 않다
있었던 일을
늘 있는 일로 하고 싶은 마음이
당신과 내가 처음 맺어진
이 자리를 새삼 꾸미는 뜻이라

우리는 살고 가는 것이 아니라

언제까지나

살며 있는 것이다.

_____ 생가生家 __ 인병선의 시

대문을 열고 생가에 들어선다. 툇마루에 보낸 나의 시선은 비스듬히 열린 방문 바로 위, 시인의 아내인 인병선 시인의 글이 기둥과 기둥 사이를 정리하듯 걸려 있는 모습으로 바뀐다. 이 시를 읽다보면 빼꼼히 열려 있는 방문 틈새로 신랑 신동엽과 신부 인병선의 신혼생활이 알콩달콩 숨겨져 있는 듯하다. 방문 옆 〈껍데기는 가라〉의 육필원고를 진흙으로 떠서 만든 부조가 인병선의 시를 바라보고 있다.

한국현대문학사에서 뚜렷한 족적을 남긴 수많은 문학인의 생가와는 남다른 이 집은 바로 우리시대를 살았던, 가까운 시절의 풍경을 고스란히 간직하고 있기에 너무나 일상적이다. 일제강점기에 태어나 말 많고 탈 많았던 근대화가 탄력을 받기 시작하는 1969년까지의 삶은 우리네 삶의 편린과 별반 다르지 않다. 집 주위를 둘러보면 깨끗이 보수했지만 남아 있는 흔적들, 생활의 편린들, 그리고 삶의 풍경들. 그것은 가난이었다.

일제에 의해 숟가락과 젓가락마저 수탈당해야 했던, 절규에 가까웠던 궁핍한 시인의 유년기 생활은 일제의 모든 소작공출로 인해 더욱 더 힘들었고, 시인의 동네인 동남리도 예외가 아니었다. 시인의 고향에는 파란 하늘과 더

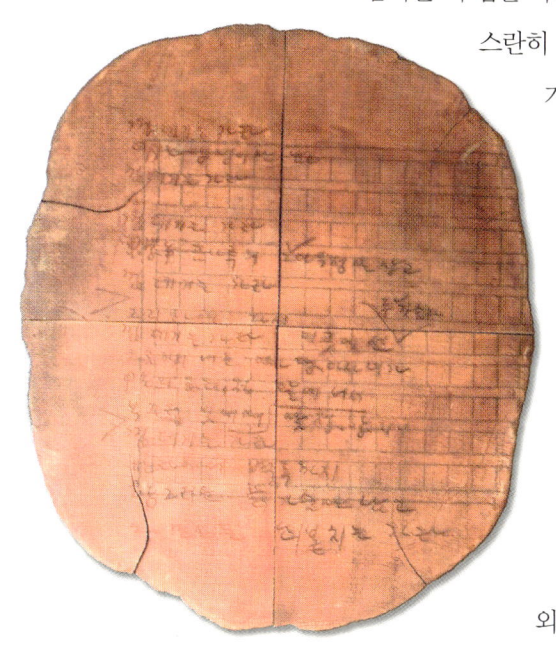

신동엽의 육필원고인 〈껍데기는 가라〉를 부조로 뜬 사진. 원고지의 줄과 칸에 스민 시인의 시정신이 금방이라도 튀어나올 것만 같다.

불어 길가엔 민들레와 들국화가 흐드러지고 있었다. 어린 시절의 풍경
이란 자연의 아름다움과 인간의 삶이 어우러진 동화의 여러 가지 모습
이다. 그러나 우리들의 이야기 속에 담겨진 시인의 유년 시절은 그리
고운 추억이 아니다.

시인의 유년기에 존재하는 고향 사람들은 보릿고개에 봄이 오면 허
기를 속일 풀을 씹어 먹었다. 큰 가마솥에 자운영이나 독사풀 그리고
말풀들을 썰어 넣어 삶아가지고 거기다 소금과 기름을 쳐서 허기진 배
를 속였다. 세 살짜리 코흘리개도, 국민학교에 다니던 신동엽도, 가족
의 끼니를 항상 걱정해야 했던 아버지와 온 산을 돌아다니며 풀을 뜯던
어머니도, 칠순 할아버지도 눈물 콧물 주르륵 주르륵 흘리며 '풀밥'을
우그려 넣어야 했다.

헐벗고 굶주림에 지친 사람들이 온 산을 헤저으며 풀을 뜯으러 갈 때
신동엽 역시 동희 누나와 함께 찬이나 국거리로 쓸 만한 나물을 찾으러
쏘다녔다. 동희 누나는 더덕, 돌나물, 달래, 딱쥐, 삽주, 원추리 등 헤아
릴 수 없는 풀이름을 알려 주었다. 그때 누나 신동희로부터 배운 들꽃

자그마한 동산에 자리한 시인 신동
엽 시비의 전경 모습. 울창하지도 민
둥하지도 않은 나무들로 둘러싸인
신동엽의 시비는 사각형의 울타리에
직사각형과 정사각형의 문형을 간직
한 구조물이다.

과 온갖 풀이름이 신동엽의 시에 많이 등장하는 단골 시어들이자 창작의 산실이다. 들으면 들을수록 감칠맛 나는 아름다운 식물의 이름과 곤궁했던 당시의 처절한 생활을 되뇌며 우리가 다다른 곳은 한적한 야산에 세워진 신동엽 시비이다.

> 그리운 그의 얼굴 다시 찾을 수 없어도
> 화사한 그의 꽃
> 山에 언덕에 피어날지어이.
>
> 그리운 그의 노래 다시 들을 수 없어도
> 맑은 그 숨결
> 들에 숲 속에 살아갈지어이.
>
> 쓸쓸한 마음으로 돌길 더듬는 行人아.
>
> 눈길 비었거든 바람 담을지네
> 바람 비었거든 人情 담을지네.
>
> 그리운 그의 모습 다시 찾을 수 없어도
> 울고 간 그의 영혼
> 들에 언덕에 피어날지어이.

___ 山에 언덕에

소나무가 가지런히 배열해 있는 오솔길을 지나자 듬성듬성 구릉진 언덕 한 켠에 네모진 울타리로 둘러친 신동엽 시비. 아름다운 음률이 흐를 것만 같은 이 시가 시비의 오른쪽에 새겨져 있다. 이 시는 희미해지고 잊혀만 가는 '향아'의 모습과 '전설 같은 풍속'을 보여 준다. 그 아름다운 풍경 속에 살았던 우리네 삶은 현실에는 없는 전설이었기에, 있어야 될 그리고 있어야만 할 우리의 꿈이자 시인의 염원이었다. 1960년 4월의 '그리운 그의 얼굴'은 그러한 풍경을 향한 실천 그 자체다.

4월의 하늘로 비상한 청년의 꿈들은 자신이 태어난 이 땅 위에 산화했다. 그리운 그들의 얼굴은 다시 찾을 수도 볼 수도 없지만 화사한 그들의 넋은 꽃으로 화하여 산에 언덕에 피어나고, 그리운 그의 노래 다시는 들을 수 없지만 맑은 그 숨결 자연의 생명력으로 충만한 숲 속에 살아날 것이다. 해마다 어김없이 우리 들녘을 물들이는 진달래 산천 위에 그리고 시인의 고향 뒤뜰에, 산에 언덕에 울고 간 그들의 영혼이 다시 피어날 것이다.

그네들이 보고 들은 것은 어떤 느낌이었을까. 부정선거 규탄과 독재 타도를 외쳤던 수많은 4월의 열정이 광화문을 지나 경복궁으로 향했을 때 혁명으로 충만한 거리거리의 시선과 함성. 그리고 또 함성들. '4월 혁명시집'을 간행하며 두근거리던, 신동엽의 가슴속 울림도 그네들의 열망과 별반 다르지 않았으리라. 혁명의 거리를 메운 그 하늘이 신동엽이 꿈꾸었던 세계였으리라.

누가 하늘을 보았다 하는가
누가 구름 한 송이 없이 맑은
하늘을 보았다 하는가.

네가 본 건, 먹구름
그걸 하늘로 알고
일생을 살아갔다.

서울 강북구에 있는 4·19기념탑. 여기 그들의 넋을 기리는 성전이 있다. 하늘을 보라. 그들의 정신은 여전히 비상 중이다.

네가 본 건, 지붕 덮은
쇠항아리,
그걸 하늘로 알고
일생을 살아갔다.

닦아라, 사람들아
네 마음 속 구름
찢어라, 사람들아,
네 머리 덮은 쇠항아리.

아침저녁
네 마음속 구름을 닦고
티없이 맑은 영원의 하늘
볼 수 있는 사람은
畏敬을
알리라

아침저녁
네 머리 위 쇠항아릴 찢고
티없이 맑은 久遠의 하늘
마실 수 있는 사람은

연민을
알리라
차마 삼가서

발걸음도 조심

마음 모아리며.

서럽게

아 엄숙한 세상을

서럽게

눈물 흘려

살아가리라

누가 하늘을 보았다 하는가,

누가 구름 한 자락 없이 맑은

하늘을 보았다 하는가.

____ 누가 하늘을 보았다 하는가

    이 시의 하늘 이미지는 갑오농민혁명과 3·1운동, 4·19혁명 등으로 이어지는 도도한 역사의 흐름을 상징적으로 보여 준다. 우리 근현대사의 현장을 아우르는 그 하늘 아래엔 언제나 '티없이 맑은 구원의 하늘'을 바라봤던 사람들이 있다. 그 사람들은 그 시절에도 지금 이곳에도 존재한다. 이 시는 그들의 삶을 둘러싼 현실의 하늘을 절묘하게 드러내면서, 시를 읽는 나의 머리맡을 하늘로 향하게 한다.

   시인의 고향, 부여의 하늘은 참 맑다. 시인의 유년기 때 하늘도 맑았다. 초가지붕과 이엉을 엮은 울타리 너머 너무도 파란 하늘은 윤동주 시인이 읊조렸던, 하늘을 우러러 한 점 부끄러움도 없었던 쪽빛 하늘이었다. 그 하늘이 오늘 시인의 생가 청기와지붕 위를 채색한 실구름 한 점 없이 청아한 부여의 하늘로 환생한 걸까. 신동엽이 바라보았던 하늘도 이처럼 맑은 부여의 하늘이었지만 그는 회의했다.

신동엽의 생가 지붕 위 하늘 정경. '누가 하늘을 보았다 하는가'를 외쳤던 신동엽의 육성이 저 하늘로부터 이곳 땅에까지 닿아 있을 것만 같다. 시공을 초월하여 맑게 빛나는 우리네 가을 하늘녘은 언제나처럼 푸르렀지만 맑고 푸르름 속에 먹구름을 이야기할 수밖에 없었던 신동엽의 고뇌가 실구름으로 퍼져 있는 듯하다.

'누가 하늘을 보았다 하는가'를 외치는 시인의 육성이 지금 내가 보고 있는 이 하늘로부터 메아리친다. 과연 이 하늘은 시인이 절규했던 진정한 하늘이라 할 수 있을까. 지금까지 내가 보았던 하늘이 구름 한 점 없이 맑은 하늘이었다고 시인에게 대답할 수 있는가. 신동엽이 회의했듯 나도 회의한다. 과연 우리네 한반도의 청정한 가을 하늘이, 그 하늘은 '구름 한 송이 없는 맑은' 것이지만 정작 그 하늘은 '먹구름'의 하늘이었지 않았는가.

부여의 고향집 하늘을 파랗게 물들였던 그 하늘이 먹구름이었고 쇠항아리일 뿐이었다는 것을 알았을 때 신동엽은 절망한다. 그 절망감을 어떻게 형상화해야 할 것인가에 대해 또다시 절망했을 것이다. 조작된 하늘, 날조된 하늘, 허울에 싸인 하늘, 그 하늘 밑 땅의 현실은 싸우는 시대라고 신동엽은 외친다. 우리 시대의 현실은 어느 것 하나를 건드려도 아픈 우리의 삶이기에 매년 4월이 오면 미치도록 일어서야 한다고.

신동엽의 시를 읽으면 내면의 저 밑바닥으로부터 용솟음치는 숨비질 같은 울림을 듣는다. 아직까지 살아 숨 쉬는 영롱한 그 소리, 그의 흔적 흔적에 고스란히 남아 있는 시혼이 울부짖는 이 소리. 4월의 하늘이 환장하게 푸르도록 산에 언덕에 피어날 그네들의 영령이 붉을 때 그 거짓된 하늘도, 퇴색된 혁명을 이야기하는 자도, 4월의 열망을 알고 있는 플라타너스를 욕되게 하는 자도 모두 가라고.

껍데기는 가라.
사월도 알맹이만 남고
껍데기는 가라.

껍데기는 가라.
東學年 곰나루의, 그 아우성만 살고
껍데기는 가라.

그리하여, 다시
껍데기는 가라.
이곳에선, 두 가슴과 그곳까지 내논
아사달 아사녀가
中立의 초례청 앞에 서서
부끄럼 빛내며
맞절할지니

껍데기는 가라.
한라에서 백두까지
향그러운 흙가슴만 남고
그, 모오든 쇠붙이는 가라.

_____ 껍데기는 가라

이제 신동엽의 육성이 들릴 듯한 '껍데기는 가라'를 가슴에 새기며 부여를 떠난다. 한국현대사의 현장에서 온몸으로 현실을 노래했던 신동엽은 갔지만 그의 시는 남는다. 문학과 현실 혹은 문학과 사회의 밀접한 관련을 중요시했던 신동엽은 부조리했던 우리 시대의 마지막 양심으로 자신의 전 존재를 투영하면서 남긴 시 속에 여전히 외치고 있다.

그를 찾아 떠난 이 여행은 지금까지 살아왔던 짧지만 긴 나의 삶을 성찰케 한다. 그 삶을 이루는 이정표로 굳건히 서 있는 신동엽의 삶과 문학이 다시 일상으로 돌아가는 길을 밝게 비추고 있다.